KB080732

계절 무렵

너에게

계절 무렵 너에게

초판 1쇄 발행 2022년 09월 08일

지은이 지 원
펴낸이 류태연

편집 김수현 ┃ **디자인** 조언수

펴낸곳 렛츠북
주소 서울시 마포구 양화로11길 42, 3층(서교동)
등록 2015년 05월 15일 제2018-000065호
전화 070-4786-4823 ┃ **팩스** 070-7610-2823
이메일 letsbook2@naver.com ┃ **홈페이지** http://www.letsbook21.co.kr
블로그 https://blog.naver.com/letsbook2 ┃ **인스타그램** @letsbook2

ISBN 979-11-6054-569-2 (03810)

계절 무렵 너에게

지원 에세이

일러두기

- 작가의 특유 문체나 어휘가 포함되어있습니다.
- 구어체가 혼용되었습니다.

안녕, 나의 인연

프롤로그

당신의 낭만, 어느 계절에 박혀있나요?
당신의 낭만 혹은 사랑은 각 계절에 어떻게 기록되어있나요?

무수히 적어놓은 문장들이 솔직히 어떤 도움이 될지 모르겠습니다. 당신의 행복을 빌면서 또 나의 행복을 빌면서 어딘가 무해한 글들을 적고 적었습니다. 다만 그게 계절마다 박혀있는 것이라고 해둘게요. 낭만은 봄, 여름, 가을, 겨울 그리고 다시 봄이 오기까지 매번 반복되는 계절 속에 우리가 느끼지 못했던 순간들에 많이 쌓여있을 겁니다. 거창하게 낭만을 읊어보지만 돌아보면 낭만은 그리 거창한 게 아닐지도 모른다는 생각을 했습니다. 한 단어, 한 문장을 통해 낭만을 엿보고 당신의 낭만을 떠올려봐요. 꽤나 멋지고 근사할 거예요. 가볍게 읽어주세요.

낭만의 포함되는 것 중 고작 사랑도 포함되어있을 뿐.

계절 무렵 너에게

안녕, 나의 당신. 어떤 계절의 어떤 말들을 모아 적어야 너에게 온전한 내 마음을 다 전할 수 있을까. 그 마음의 고민들로 하루를 보내고 그렇게 꼬박 사계절 또다시 다른 계절들을 보내. 사랑한다는 말보다 더욱 큰 표현을 할 수 있는 말이 뭐가 있을까 한참을 생각해보지만 그저 널 사랑한다는 말밖에 표현할 방법이 떠오르지 않아. 사랑한다는 그 말을 그저 매번 보내는 계절에 의해 보내는 것, 그걸 내가 하는 사랑이라고 할게. 사랑해. 내 당신.

p.s 어느 계절 무렵 너에게 난 매번 사랑을 전하고 있겠지.

안녕, 소중한 사람

프롤로그 ✦ 006

봄 ✦ 013

봄비 / 미소 / 작지만 큰 / 안녕, 봄아 / 향 / 이기적인 사랑 / 꽃 피는 날 / 봄 같은 너에게 / 너에게 빠진 순간 / 스며들다 / 사랑해가오리 / 너라는 문장 / 위험한 행운 / 헤어지던 날, 내가 웃었던 이유 / 하루 두 번 하늘 보기 / 내가 사랑하는 것들 / 눈부신 사랑 / 미래 / 용기 / 함께 꽃을 피워보아요 / 새벽에 피어난 꽃 / 피어오르다 / 지원 / 밴드와 연고 / 그 시절 열정페이

여름 ✦ 047

한여름의 싱그러움 / 그건 사랑이다 / 예쁜 말 퍼붓기 / 허락 / 각자의 속도 / 내가 그리고 또 우리가 좋아하는 것 / 해바라기 / 필요할지도 모르는 상상 / 그건 사랑이다_2 / 그런 날 / 일, 이, 삼 / 겨울 지나 여름 / 나의 말이 당신의 힘듦을 무너지게 했다면 / 너만 모르는 사랑 / 혹시 나랑 결혼하지 않을래 / 나비 / 사랑을 하고 있습니다 / 이상형 / 그렇고 그런 말 / 잔향을 남기는 / 우리는 운명 / 박혀있는 사랑 / 은은한 온도 / 여름밤 겨울밤 / 나의 초록빛 / 오늘의 기분 = 여름

가을 ✦ 089

착각이어도 좋아 / 우리 이런 사랑을 하자 / 안아줄게요 / 달과 구름 / 결국 사랑 / 깊은숨 / 무너진 나를 다시 마주할 때 / 일상 / 어떤 문장이 좋을까 / 2017년도의 가을 / 커피 같은 / 한 편의 너 / 세월 / 목소리 / 자해(自害) / 컷, 오케이 / 있다가 없으니까 / 나에게 / 눈 맞춤 / 한참을 가야 합니다 / 사실 / 흔한 착각 / 이상한 새벽 / 우리가 사랑하지 않았더라면 / 오만과 편견

겨울 ✦ 135

지금, 겨울 / 어여쁜 사람 / 놓지 말자 / 눈 오던 날 / 별똥별 / 유별난 손녀 / 선물 / 사랑이 끝에 닿았을 때 / 바쁘고 바쁜 현대사회 / 빗소리 / 그 겨울 무렵 / 그런 사람 / 겨울 한 폭 / 하고 싶은 사랑 / 날이 좋아서 / 나의 전빵 / 우리가 포옹했던 순간들 / 어떠세요? / 황홀했던 사랑 / 우리가 아는 사실의 행복 / 아이의 사랑 / 떼 아모 / 결국엔 또 당신 / 이별도 결국 사랑 / 그런 날_2 / 바람이 심장에 닿았을 때 / 겨울 끝자락에서

다시, 봄 ✦ 189

당신에게 보내는 편지들

에필로그 ✦ 220

봄

봄비

봄에는 꽃들이 피어오르고 그 곁에 바람이 스치면 바람
과 함께 꽃이 불어온다. 그것을 나는 꽃비라고 부르고 그
꽃비가 내리는 순간은 마치 네가 나에게 스며든 그 순간
과 같다. 너무 예뻐서 거절할 겨를조차 없이 스며들었고
다른 수식 없이 사랑에 빠졌다. 그렇게 꽃비가 내리던 그
해 봄 우린 사랑을 서로에게 읊기 시작했다.

그해 봄은 마주한 봄 중 가장 달콤했다.

미소

너의 미소는 한없이 빛났다.

그 미소를 마주한 날, 그날은 낭만의 첫걸음이라는 생각이 들었다. 그 미소만으로도 충분히 사랑에 빠지는 것이 가능했고 그 순간이 아니면 널 놓칠지도 모른다는 불안감에 빠지기도 했다. 아주 짧은 순간에 너의 미소 하나로 수많은 생각이 스쳤고 아차 싶었다. 지금 너에게 사랑을 말하지 않으면 안 되겠다.

너의 미소로 시작된 낭만, 우리의 낭만들이 기대된다. 얼마나 아름답게 빛나게 될지 말이다.

작지만 큰

아주 작고 아주 작은 소소하지만 웃음을 주는 것들이 있다. 그 작고 작은 소소한 것들을 나누고 나누다 보면 그것들은 점점 거대해진다. 소소한 것들을 나누면 거대해진다는 말, 작은 행복을 나누면 큰 행복이 된다는 말. 그 말 때문이라도 난 너에게 자꾸만 내 소소한 것들을 내어주고 있는 게 아닐까. 너와 함께하는 거대한 행복들이, 너와 함께하는 거대한 일상들이 무척이나 기대되는 요즘이다. 아무래도 난 널 좋아하는 마음에 그쳐 사랑하기 시작한 것 같다.

계속해 팽창하는 우주처럼
흐르는 강물처럼 앞으로도 널 사랑할게.

안녕, 봄아

여름이 지나 가을이 오고 겨울이 와도 내 곁에는 봄이 계속 머물 것 같은 예감이 듭니다.

당신이라는 봄 덕분에요.

어떻게 사람이 봄 향기를 풍길 수 있는지, 그 향이 그렇게 설렐 수 있는 건지. 단단히 사랑에 빠질 것 같아요. 봄에 다가온 당신이, 봄에 스며든 우리가, 봄이라는 너란 사랑이 유독 봄 같아요.

향

나와 같은 향기를 풍기는 그를 사랑한다.

안겼을 때 스며든 향기와 각자 욕실에 같은 향기를 가진
물건들마저 애틋해지는 밤이다. 마치 우린 한 동그라미
속 안에 갇혀있는 형체와 같이, 그 향 속에 우리 둘만 존
재하는 것처럼 동그라미 속 우리 둘만 있다. 같은 향을 지
니고 같은 향을 품고 자연스레 그것이 나의 향 또는 너의
향이 될 수 있는 우린 그런 사이다. 우린 우리의 향을 만
들었다.

이기적인 사랑

나는 영원을 믿는다.

영원한 건 없다고 하지만 영원을 믿게 되는 관계. 그런 마음, 사랑들로부터 나는 오늘도 영원이 없다고 말하면서 당신과 함께하는 영원을 꿈꾼다. 영원이 있다고 믿다 보면 영원을 경험하게 되는 날이 오지 않을까. 그 경험을 그저 당신과 함께하고 싶다. 영원을 마주해 영원에서 영원히 나오기 싫을 정도로 사랑하는 마음, 그 마음들에 의해 운명을 믿고 영원을 믿고 우연을 가장한 인연을 믿는다.

혹시 알아요,
영원을 믿는 사람에게만
영원이라는 게 찾아오는 것일지도 모르잖아요.

꽃 피는 날

봄, 여름, 가을, 겨울 그리고 또다시 봄. 다양한 날들 뒤 결국 다시 봄은 옵니다. 지금 너무 추운 것은 봄이 당신 앞으로 훌쩍 다가왔다는 뜻입니다. 불행 뒤 행복이 오는 것처럼, 겨울 뒤 봄이 오는 것처럼 그렇게 당연하게 좋은 날이, 꽃이 만개하는 날이 당신에게 올 거예요.

어두운 지하에도 꽃이 피기 마련이거든요.

우리 오늘부터 너무 추운 날은 꽃이 피기 시작하는 날로 해요. 어때요? 당장 내일이라도 꽃이 필 것 같아요.

봄 같은 너에게

당신이 가는 길이 아주 예쁜 꽃들로 가득하기를. 살짝 불어오는 바람에 근심과 걱정이 모두 날아가기를.

이내 돌아왔을 때

다 가진 표정으로 나에게 사랑을 속삭이기를.

너에게 빠진 순간

너의 숨소리가 내 귀에 들어올 때

쉬이 쉬이 새근새근 후후 잠든 네가 쉬는 숨소리다. 잔뜩 이나 웅크리고 잠든 너. 그런 너를 나는 한참이나 바라보 았다. 고요한 순간에 너의 숨소리는 내 귀에 들어왔다. 그 순간에 귀와 심장은 연결되었는지 숨소리가 귀를 타고 심장에 안착했다. 그렇게 너를 오랫동안 바라보았다. 잘 자는 너를 감상했다. 그러다 네가 내쉬는 숨소리에 맘이 두근거렸다.

나도 모르는 새 두근거리기 시작한 심장은 멈출 줄 몰랐 다. 그렇게 나는 내 맘을 정하기도 전에 너를 사랑하기 시 작했다. 드리우는 햇빛이 너의 잠을 방해할까 나비도 못 들을 정도로 조용히 다가가 햇빛을 가려주었다.

바로 이런 순간들이다.

내가 너를 사랑하기 시작한 순간, 내가 사랑에 빠진 순간.
함께 잠들었지만 너보다 일찍 일어나 잘 자는 너를 마주
한 그때부터 널 사랑하기로 마음먹었다.

스며들다

서서히 너에게 스며들다.

가장 좋아하는 말이에요. 스며든다는 말. 사랑 앞에 가장
많이 내뱉는 말이기도 하고요. 스며든다는 말을 이제는
당신 이름 주위로 감싸 안고 싶어요. 내가 당신을 향해 달
려가 꽉 껴안은 것처럼요.

거기 당신, 당신에게 스며들래요. 그래도 될까요?

사랑해가오리

넌 참 사랑스럽다. 널 가만히 보고 있으면 나도 모르게 맘이 따듯해지고 나도 모르게 복잡하던 생각들이 사라진다. 넌 참 사랑스럽다.

나의 매일을 걸 수 있을 만큼 말이다.

너를 사랑한 지 2022년도를 기준으로 5년째. 어떤 사랑 관계보다 오래된 네가, 그런 너를 같이 즐길 사람이 생긴다는 게 우리 모두에게 사랑이 가득한 날이지 않을까. 그렇게 나의 매일과 너의 매일이 모인다면 아주 사랑스러운 날들이 지속될 것이다.

사랑해요.

너무 뜬금없는 거 아는데

앞뒤 내용 다 빼고 그냥 사랑해요.

그리고 조금 철없어 보이지만 보고 싶어요.

나는 오늘도 당신에게 담담하게 사랑을 전해요.

너라는 문장

오늘은 너라는 문장을 쓰고 싶다.

계속해 너를 읊고
계속해 너를 쓰고
그렇게 계속 너를 보고 싶다.

너라는 대상 하나만으로도
책 몇 권을 펴낼 수 있을 것이다.

그 책 속에는 비슷한 문장이지만
결코 같지 않은 사랑의 문장들이 가득하겠지.

오늘은 너라는 문장을 쓰고 싶다.
계속 보고 싶다.

위험한 행운

그렇게 세상을 다 가진 표정으로 너무 사랑한다는 눈빛으로 나를 쳐다보면 안 사랑하고 버틸 수가 없잖아요. 반칙이에요. 너무 사랑스러우니까.

나도 온 세상을 다해서 사랑해요.

누군가 나를 그렇게 바라봐준다는 것은 참 행운이에요. 생각보다 흔하지 않고 쉽지 않다는 걸 알아요. 변함없는 사랑, 그에 비례하는 눈빛. 굉장히 위험한 행운이에요. 위험 속에서라도 둘이 함께라면 행복하겠죠.

헤어지던 날, 내가 웃었던 이유

아무리 봐도 한없이 사랑스러운 사람아.

어찌 나를 당신에게 그리 푹 빠지게 하였는지요. 나는 이
제 아무래도 당신 없이는 살아갈 수 없어요. 그럼에도 당
신이 떠나가는 그날엔 눈물을 흘리지 않을 거예요. 당신
이 살아기다 문득 생각난 니의 모습은 늘 웃는 표정이기
를 원해요. 나는, 우리는 웃을 때 가장 예쁘니까.

하루 두 번 하늘 보기

무슨 일이 있어도 우리 하루에 두 번은 꼭 하늘을 올려다 보고 호흡하기로 해요. 그 행동이 당신의 모든 힘듦을 가져갈 순 없지만 잠시 동안은 아무 생각이 나지 않는 시간을 선물해줄 거예요. 처음은 이게 뭐라고 그럴까, 라는 생각이 들 수 있어요. 하지만 저를 믿고 한번 해봐 주실래요? 잠깐의 행복과 힐링이 모여 앞으로의 행복이 될 거예요. 그때가 되면 제 진심을 알 수 있을 거예요.

가장 사랑하는 사람이 알려준 걱정을 덜어내는 행동이에요.

내가 사랑하는 것들

다가오는 아침과 그를 반기는 새소리, 자동차 소리, 사람들이 분주히 움직이는 소리, 흔들리는 나무 소리 그리고 너에게서 오는 아침 인사 알림 소리까지. 그렇게 지나가는 풍경들을 사랑하고 지나치는 인연들을 사랑했고 다가온 인연들을 사랑한다. 비가 오는 날의 냄새와 풍경, 분위기. 비가 오고 난 뒤의 모든 것을 사랑한다.

술을 사랑하고 파티를 사랑한다. 무엇보다 나를 사랑하고 매년을 사랑하고 소중한 사람들과 함께한 크리스마스를 무척이나 사랑한다. 멀리서 나를 보고 인사를 건네는 저 사람을 사랑한다. 그리고 그를 반갑게 반기는 나를 사랑한다.

영화관에서 처음 먹어본 민트초코를 아직도 사랑하고 앞

으로도 사랑할 것이다. 누군가와 가는 아쿠아리움을 사랑하고 상대가 찍어준 내 사진을 사랑하며 찍어준 상대도 꽤 사랑한다.

쓰다 보니 이 세상에 그리고 내 세상엔 사랑스러운 것들이 참 많다. 사랑하는 것들을 떠올리다 다짐을 한다. 수많은 것 중 나를 가장 사랑할 것, 나를 사랑해주는 그들을 사랑할 것, 거짓으로 사랑하지 말 것, 끝으로 세상에 좌절해도 사랑을 탓하지 말 것.

사랑하는 것들이 당신을 울게 할 수 있지만 그 사랑 또한 당신이 택한 것이었다는 걸 잊지 마요. 사랑하는 것들을 탓하면 사랑하던 순간들이 분홍빛에서 잿빛으로 변할 것 같아서 그래요.

그 순간 사랑할 수 있는 것들을 최선을 다해 사랑할 것.

눈부신 사랑

마주 보고 글을 쓰던 사람이 있었다. 조금 더 정확하게는 마주할 때마다 사랑 글로 머릿속이 가득 차는 사람이 있다. 글쓰기를 좋아하고 전시회를 좋아하고 심지어는 함께 가오리를 좋아하던 그 사람, 게임 할 때는 이기려고 얼마나 진지한지 그런 사랑스러운 사람. 그런 사랑스러운 사람이 내 곁에서 웃고 있다. 매일을 아주 가득히, 모든 순간에 말이다.

공포영화를 볼 때면 슬며시 손을 잡고, 지나가는 아이를 보면 웃기 바쁘고, 닮은 서로를 보며 순간이 즐거움으로 가득한 그런 사랑을 합니다.

우리는 그런 사랑을 합니다.
꽤 눈부신 사랑을요.

미래

오늘을 껴안고 내일을 바라본다.

당신과 함께하던 오늘들을 껴안고 함께할 내일을 바라봅니다. 혼자가 아닌 당신과 나 둘이서요. 그렇게 같은 곳을 바라보며 오늘을, 내일을, 앞으로를 살아가요. 요즘 그게 삶의 낙입니다. 오늘을 껴안으며 행복을 채우고 내일을 상상하며 설렘을 채워요.

곧 내일은 오늘이 되어 또 행복을 채울 것이고 그 다음 날을 바라보며 설렘을 얻을 것입니다. 하루가 힘들어도 잠들기 전 잘자, 라는 당신의 속삭임 덕분에 기억 속에서 꽃들이 피어나고 마치 무슨 마법처럼 걱정이 사라져요. 오늘을 껴안고 내일을 바라본다. 우연히 스친 문장이지만 그 우연함 속에서도 우리가 있네요. 참 가득하게도요.

이렇게 스며들어서 서로가 없는 건 상상조차 못 하는 사이가 되어봐요. 우리.

용기

비교할 수도 없이 커버린 사랑에 갑자기 의문이 생긴다는 당신에게 이런 말들을 전하고 싶습니다. 어렵겠지만 그 순간을 즐기고 맘껏 사랑하라고 말이죠. 당신은 그 사랑을 감당할 수 있으니까요.

그런 당신이기에
그러한 사랑이 찾아왔다고 믿습니다.

그러니 부디 망설이다 그 사랑을 놓치지 마셨으면 합니다. 그 사랑은 아주 아름답게 빛날 거예요.

함께 꽃을 피워보아요

사랑하는 그에게 꽃을 선물했던 날이 있습니다. 그의 예쁜 미소가 대신 답을 해주던 날이 있습니다. 며칠 뒤 꽃이 시들었다며 시무룩해 하던 그에게

다음에는 화분으로 사줄게요.
같이 꽃을 키워봐요.

라고 말했습니다. 그의 하루가 조금 더 달콤했으면 해서 말이죠. 우리 오늘은 사랑하는 사람에게 꽃대신 화분을 선물해보는 것은 어떨까요.

깊게 자리 잡은 식물의 뿌리처럼 계속해 사랑하는 사이가 되자는 의미로요.

새벽에 피어난 꽃

새벽에 피어난 꽃을 저는 보았습니다. 당신이라는 꽃을 말이죠. 당신은 그날 새벽에 피어난 어여쁜 꽃이었고, 난 당신이라는 꽃을 감상한 것뿐이에요. 근데 그 새벽이 너무 황홀해서 그것만으로도 당신을 사랑할 이유는 충분해요.

제가 당신을 그리고 함께한 그 새벽을 사랑해도 될까요,
그 새벽을 시작으로 당신을 사랑할래요.

피어오르다

당신의 향기가 어디선가 피어오르면 나는 가만히 서서 당신을 떠올리곤 한다. 당신과 좋았던 것들을 떠올리고 당신의 웃는 모습을 떠올린다. 그리고 다시 당신의 향기에 익숙해진다.

영원한 사랑이란 이런 게 아닐까, 매 순간 함께할 수 없어도 함께하지 않아도 당신과 겹치는 것들에 의해 당신을 떠올리고 그것으로 행복하다면 그게 변치 않는 영원한 사랑이지 않을까. 그 향은 어떠한 향수가 아닌 정말 당신의 향기이기 때문이에요.

개인이 가진 고유의 향기를 사랑하게 되는 것,
그걸 우리는 영원한 사랑이라 하기로 해요.

지원

세상에서 좋아하는 게 많은 사람입니다.
세상에서 싫어하는 게 많은 사람입니다.
행복할 때도 있고 슬플 때도 있습니다.
사랑할 때도 있고 원망할 때도 있습니다.
최고일 때도 있고 아닐 때도 있습니다.

이렇게 매일 나는 나에게 다양한 나를 보여줘요.

삶이란 게 그런 것 아닐까요?

이렇고 저런 나를 바라보면서 나를 알아가고 나를 꾸려
가고 나를 만들어가는 것. 삶의 주체는 '나'입니다. 그러
니 눈치 보지 말고 살아요. 당신이 행복하면 그만인 것들
이니까.

밴드와 연고

일하다가 손을 베인 날, 약 바를 겨를이 없어 두었다가 뒤늦게서야 약을 바르고 밴드를 붙인 날이 있었습니다. 그렇게 늦게 약을 발랐는데도 상처가 깊었는지 따가웠고 일을 할 때 거슬릴 정도로 신경 쓰였어요. 그러다 문득 든 생각이 있습니다. 상처받은 마음에도 발라주면 낫는 연고가 있었으면 좋겠다는 생각. 사랑이든 사람이든 무엇에 의한 상처든 그냥 상처받은 마음이 괜찮아질 정도로 나아질 수 있는 연고가 있었으면 좋겠더라고요. 세상에는 다양한 일들이 일어나고 그 사이에서 수많은 감정이 오갑니다.

분명 그 수많은 감정에 상처도 있을 테고요. 상처는 받는 사람에 따라 깊이도 다르고 치료방법도 제각각 다르죠. 그 상처를 치료하는 방법을 몰라 가만히 있다 보면 더 큰 상처가 되기도 하고, 혹은 다른 상처가 와도 무시될 정도로 단단해지는 경우가 있어요. 어떤 경우든 사용할 수 있는 연고가 있었으면 좋겠어요. 연고가 있다는 것은 확실한 방법이 있는 거나 다름없으니까요. 상처가 나면 바르면 되니까, 깊이가 달라도 응급처치는 할 수 있을 테니까요. 그래서 모두가 행복했으면 좋겠어요.

스스로 연고를 발라보아요. 밴드는 제가 준비할게요.

그 시절 열정페이

온 마음을 다 주고 나서도 모자란 듯싶어 나를 위해 숨겨 두었던 마음마저 끌어다 주었던 그때 그 시절의 사랑은 참 뜨거웠고 뜨거웠던 만큼 그 끝은 괴로웠다.

그 시절의 사랑은 어릴 적 뭣도 모르고 먹던 콜라와 같다. 첫 입 탄산의 짜릿함과 뒤이어 따라오는 달콤함이 새롭고 맛있었다. 그렇게 콜라의 맛을 알아버리고 푹 빠졌을 때쯤 중독이 되었던 것같이 그 시절의 사랑 또한 처음이 었기에 더욱 뜨거웠고, 서서히 중독되었다.

오늘날에 떠올리는 그 시절은 애틋하기도 했지만 그런 날들이 또 올까라는 의문이 들기도 한다. 그 시절의 사랑 은 그 시절이어서 가능했던 사랑일지도 모른다.

시간이 지나 그때보다 더 나은 내가 되었겠지만, 그때가
그리운 건 사실이다.

순수하게도 모든 것을 사랑하려 했던 그 시절.

그렇고 그런 날 중

유독 특정한 날 또는 순간이 떠오르는 건

그날의 당신이 무척이나 행복했기 때문입니다.

그리고 그 순간을

다시는 느낄 수 없다고 믿기 때문이죠.

하지만 그 순간보다

더 행복한 날들이 펼쳐질 것입니다.

그게 인생이니까요.

여름

한여름의 싱그러움

너는 내게 여름과 같다. 여름은 살아온 반년을 돌아보게 된다. 당신은 그사이 어딘가에 콕콕 박혀있다. 꽤 자주 만나는 우리에게 어쩌면 나는 기대가 생긴 걸지도 모르겠다. 이 싱그러움이 앞으로도 쭉 이어질 것이라는 그런 행복한 상상을 하곤 한다. 함께 있는 게 자연스러워진 우리가 나는 꽤 맘에 든다. 딱히 불편한 내숭을 부리지 않아도 되고, 온전한 나를 드러내고 온전한 너를 마주하고 결국 웃으며 사랑을 외칠 것만 같은 우리가 좋다. 우리 이야기의 여운은 한여름과 같다.

같이 산책할래요? 말주변은 없어도 노래는 기가 막히게 틀어요. 같이 산책 가요.

그건 사랑이다

정말 사랑은, 진짜 사랑은, 온전한 사랑은 그리 거창한 것
이 아니었다. 하루를 상상했을 때 그가 빠지지 않는다면
그건 사랑이다. 기상과 동시에 그에게서 왔을 연락을 확
인한다면 또한 기대했다면 또한 늘 그래 왔다면 그건 사
랑이다.

사랑은 생각보다 단순한 순간에 있다.

예쁜 걸 보거나 좋은 향을 맡거나 맛있는 걸 먹을 때 단순
한 긍정의 기분이 들 때 생각나는 그가 있다면 그건 사랑
이다. 생각만 해도 웃음이 나고, 하루 일과를 마친 후 잠
들기 전 그의 밤이 근사했으면 하는 마음에 예쁜 말들을
덧붙인다면 정말 그건 사랑이다.

예쁜 말 퍼붓기

내가 당신에게 예쁘고 예쁜 말들과 풍경을 모아 한없이 퍼붓는 것은 널 애틋하게도 사랑하기 위해서다. 말이 조금 특이한 것 같지만 잘못 말하지 않았다. 널 애틋하게 사랑하고 있다는 말보다 사랑하기 위해서라는 말에는 오랜 기간 널 생각했다는 전제가 깔려있다. 이렇게 결과를 정해놓고 과정을 꾸려나가는 것엔 변함없는 결과가 담겨있다. 내가 예쁜 말들을 하는 순간이면 너의 반응이 어찌나 귀여운지, 아니다 그건 사랑스럽다고 해야 하는 것일까. 그렇게 내가 계속 당신에게 예쁘고 예쁜 것들을 전하다 보면 사랑 또한 전해질 거라 믿는다.

당신도 사랑에 빠지기를.

허락

당신을 좋아해도 될까요? 누군가를 좋아하는 데에는 허락이 필요하지 않지만 그걸 지속적으로 표현하거나 유지하기 위해서는 상대방의 마음이 필요하다. 그 마음들이 모여 함께 이루면 사랑하는 사이가 되겠지.

당신을 떠올려왔어요. 잠이 오지 않는 새벽과 푸르던 하늘이 참 예쁘던 날들에. 비와 함께 온 무서운 천둥 사이에도 당신이 떠올랐어요. 꼭꼭 숨기고 싶었는데 맘이 그게 잘 안 돼요.

나 당신을 좋아해도 될까요?

이 질문이 우리를 크게 달라지게 할지 모르겠지만 제 맘은 크게 달라질 것 같아요. 더 커질 거예요. 사귀자는 말

과는 다른 말이에요. 그 말은 당신이 해주세요. 나의 맘과
당신의 맘이 같아지는 시점에 말이죠.

나 당신 좋아해요. 그래도 돼요?

각자의 속도

신호등이 깜빡일 때 그 순간은 수많은 고민과 수많은 선택이 이루어지는 순간이다. 갈까 말까. 정말 급했다면 건넜을지도 모르는 그 신호. 갈까 말까 고민했던 그 신호. 모두가 다른 선택을 했을 그 신호. 그렇다. 모두의 인생이 다른 건 각자의 속도가 있기 때문이다. 그러니 자신을 너무 조급히 생각하지 말자.

그대만의 속도로 아주 잘 가고 있다.

그리고 잠시 멈춰선 그곳에서 아주 멋진 기적을 마주할 것이라고 믿는다.

내가 그리고 또 우리가 좋아하는 것

계절에 상관없이 주말 아침에 눈부신 햇살을 느끼는 것,
뭉그적거리며 일어난 후 물을 마시는 것, 물을 마신 후 다
시 눕는 것, 떠오르는 노래를 틀고 넌 그림을 난 글을 쓰
는 것, 서로를 바라보며 웃는 것, 노래를 듣다 너무 설레
서 뽀뽀를 해버리는 것, 서로 작품을 감상하며 대화를 나
누는 것, 초코파이를 얼려 먹는 것, 계란의 노른자를 다
익혀 먹는 것, 얼어 죽어도 아이스 음료를 마시는 것, 사
랑한다는 말을 자주 하는 것, 약속 장소에 20분 전에 도
착하는 것, 카페에 가면 케이크를 먹는 것, 과자를 조각
내 먹는 것, 무수히 많은 그리고 또 함께한 내가, 네가, 우
리가 좋아하는 것들을 적다가 결국 마지막엔 또 사랑을
말했다.

매 순간 함께해줘서 고마워. 내 사랑.

해바라기

세상에 수많은 예쁜 꽃들이 있지만 그중 해바라기를 가장 좋아합니다. 힘들 때 우연히 마주한 해바라기가 참 예뻤기 때문입니다. 그날의 그 꽃은 나를 위로해주었고 나에게 힘을 주었어요. 그 덕분에 그날을 웃으며 보낼 수 있었어요. 그래서 당신에게도 해바라기와 같은 존재를 선물해주고 싶어지는 오늘입니다.

바로 나예요.

그 선물. 당신의 해바라기가 되어보려 합니다.

필요할지도 모르는 상상

감히 상상해본 적이 있다. 미칠 듯이 사랑하는 사람을 떠나보내면 얼마나 고통스러울지, 감히 그런 상상을 해본 적이 있다. 뼈가 으스러지는 고통과 같을까, 뇌가 터지는 고통과 같을까, 심장이 매일 조금씩 찢기는 고통과 같을까. 끝내 어떠한 상상에도 그 고통을 감히 알 수 없었다. 그 고통은 그저 상상이기에 그저 내가 느껴본 가장 큰 고통과 같지 않을까, 그것보다 조금 더 아프지 않을까, 감히 그런 상상들을 하다 보니 하루의 모든 게 소중하지 않을 수 없었다.

그래서 감히 상상해봤으면 한다. 살아있는 지금이 당연하지 않다는 상상, 내일의 내가 당연하지 않다는 상상. 그럼 당신은 어떤 것이 생각나고 무엇이 하고 싶고 누구를 만나고 싶은지를 생각하게 될 것이다. 그걸 하나씩 지금부터 시작해도 좋으니 해나가 보자. 그렇게 하루를 살고 매일을 살면 평생이 될 수 있지 않을까. 조금이라도 덜 후회하자는 말이 하고 싶어 이 글들을 적어 내려왔네요.

그렇게 천천히 나를 위하고 세상을 위하면서 오늘을 소중히 살아가 보아요. 우리 함께.

오늘을 사랑하다 보면

내일 또한 사랑하게 될 것입니다.

그건 사랑이다_2

상대를 위해 그가 좋아하는 것을 사 들고 그를 보러 간다면 그 어떤 것보다 위대한 사랑이 아닐까 싶습니다. 좋아하는 것을 고르면서 생각 한 번, 사면서 생각 한 번, 받고 좋아할 그를 떠올리며 한 번. 그런 생각들에 나도 행복해지곤 합니다. 상대를 위해서 무엇을 하는 것이지만 그것에 의해 내가 행복해지는 것.

아이러니하게도 그건 사랑이다.

그 어떤 설렘보다 값진 마음의 모양을 띠고 있을 것 같네요. 홀리듯 말하는 상대의 취향을 어느새 머릿속에 저장해놓고 가는 길마다 그것을 대입해보곤 합니다. 그래서 나는 자꾸 꽃집을 서성이나 봅니다. 당신을 닮은 그 꽃을 사기 위해 그 꽃을 보고 당신을 떠올리기 위해.

그런 날

오늘은 그런 날입니다. 무척이나 바쁜데 되게 행복한 그런 날입니다. 일 년에 몇 번이나 있을까 하는 그런 날이기도 하고요. 꾸물꾸물 기어가는 개미가 귀여운 날입니다. 칭칭 걸려있는 거미가 두렵지만 꽤나 신기해 보이는 날이기도 하고요.

날이 사랑스러워서일까, 당신이 사랑스러워서일까.

바쁜데 되게 행복한 오늘이고 요즘입니다. 이유를 생각해보니 둘 다 맞네요. 당신이 사랑스럽고, 날도 사랑스러운 오늘이었습니다.

일, 이, 삼

당신이 얼마만큼 사랑하냐고 물어본다면 저는 더도 말고 덜도 말고 딱 3초 뒤 대답할 것입니다. 3초 동안 약간의 고민하는 척을 하고 말이죠.

"얼마만큼 사랑해?"

일,

이,

삼.

번개가 무서워도 당신을 보러 갈 것이고, 생선이 싫어도 못이기는 척 먹을 거예요. 그렇게 나의 벽을 하나씩 깰 거예요.

저는 이만큼 당신을 사랑해요.

바로 말해버리면 너무 부끄러우니까 정확히 3초 뒤에 저렇게 귀여운 말들을 할 거예요. 고민 없이 말하면 매일 생각한다는 것을 들키게 되잖아요. 그럴 순 없어요.

겨울 지나 여름

여름이 온다는 건 겨울을 머금고 또는 품고 계절이 바뀐다는 뜻이기도 해요. 그렇게 차갑던 날들을 뒤로 따뜻하다 못해 뜨거운 계절이 오니까요. 그렇게 당신의 어느 하루와 마음도 따뜻하고 뜨거운 온도가 되어갈 거라 믿어요.

너무 추웠죠? 거센 바람을 이겨내느라 힘들었죠?

이제 우리 다가온 여름을 즐겨요.
뜨겁고도 무척이나 아름답게.

나의 말이 당신의 힘듦을 무너지게 했다면

누군가를 위로하는 것은 결코 쉽지 않은 것 같아요. 마음에 없는 말을 내뱉을 수 없고 그렇다고 할 말이 없다고 할 수 없으니까요. 근데 저는요, 당신에게 이런 말을 해주고 싶어요.

괜찮은 척 안 해도 돼.
매번 웃지 않아도 돼.
기대에 부응하지 않아도 돼.
굳이 행복해하지 않아도 돼.

매 순간 잘해야 하고, 웃어야 하고, 앞서야 해서 힘들었겠다. 참 버거웠겠다. 그걸 끝끝내 삼켜내느라 너무 힘들었겠다. 그동안의 당신은 참 힘들고 외로웠을 것 같네요. 이제 남에게 쓰던 마음까지 전부 당신 스스로에게 써보는 건 어때요? 응원할게요. 그것이 불행일지라도 말이에요. 어떻게 이렇게 잘 알고 있냐고요? 저도 그때 그랬거든요. 조금 더 먼저 느껴봤을 뿐이에요. 그때 저는 저런 말들이 필요했어요.

끝으로 당신이 정말 행복했으면 좋겠습니다.

당신도 나도

모두가 행복했으면 좋겠어.

불행이 뭐였지, 라고 할 정도로 말이야.

어두운 방 안에서도 무지개는 보이니까.

너만 모르는 사랑

내가 너의 손을 잡은 건

함께 보던 공포영화가 무서워서 그런 게 아니었다. 그저 무섭다는 핑계로 너와 손을 잡고 싶었다. 사실은 그래서 공포영화를 보러 가자고 말했던 것이니까.

내가 너와 산책을 하자는 건

산책을 하고 싶다기보다는 산책하며 잡는 네 손이 좋았기 때문이다. 작아 보였던 네 손은 생각보다 무척 컸다.

맞다. 나는 너와 손잡는 것을 시작으로 사랑이 하고 싶었고, 널 사랑하는 것이었다.

혹시 나랑 결혼하지 않을래

돈은 내가 열심히 벌 테니까 내가 죽는 그 순간까지만 날 사랑한다 말해주라. 나랑 결혼해줄래? 나는 너보다 딱 1초 더 살다 갈 거야. 네가 눈 감는 날에 무섭지 않도록, 나를 보며 이생에서의 마지막 웃음 짓는 너를 꼭 볼 거야. 그리고 슬퍼할 시간도 없이 나도 눈을 감고 얼른 너를 따라갈 거야. 천국으로 가는 길 네가 외롭지 않게 심심하지 않게 장난도 칠 거야. 나는 계속 네 옆에 있을 거야. 죽기 전 순간들에도, 죽는 그 순간에도, 죽은 그 순간에도 말이야. 억만장자처럼 어마한 반지는 못 해줘도 세상 하나밖에 없는 반지를 만들어줄게.

혹시 나랑 결혼하지 않을래? 나랑 결혼해줘.

나비

더운 여름날, 마주한 당신은 날아든 나비와 같다. 더운 여름날 살포시 날아와 내 머리칼을 쓰다듬는 당신은 어여쁜 나비와 같다. 혹여나 달아날까 조심스레 숨을 쉬고 톡 하면 날아갈까 두려웠다. 당신은 나비와 같다.

계속 옆에 두고 싶어 다가갈 수 없었다.

다가가면 당신이 달아날까 봐. 그게 너무 두려워서 난 당신을 멀리서 바라볼 수밖에 없었다. 사랑이 두려워지기 시작한 건 이때부터였다.

사랑을 하고 있습니다

우리는 매 순간 사랑을 하고 있습니다. 본인도 모를 사랑을 하고 있을 수도 있어요.

날이 좋은 날 기분까지 좋아지지 않던가요, 햇빛이 쨍쨍한 여름날 시원한 바람이 그리도 설레지 않던가요, 풍선을 들고 좋아하며 걸어가는 아이를 보면 괜히 웃음이 나지 않던가요, 매일 지나는 길에서 고양이를 마주하면 그 생명체가 너무 귀엽지 않던가요, 초록 잎으로 무성한 길거리에서 새빨간 꽃을 발견한 당신 그때 당신의 마음은 어땠나요.

생각을 해보니 사랑하고 있는 순간들이 일상에 많았고 지금도 사랑하고 있는 것들이 많겠죠? 우리는 매 순간 사랑을 하고 있던 게 맞았네요.

그러니 사랑을 너무 두려워하지도 너무 멀리 두지도 않았으면 좋겠어요.

우리는 매 순간 작고, 크고, 소중한 것들을 사랑하는 중이니까요.

이상형

시도 때도 없이 바뀌는 이상형에 이제는 무엇을 이상형
이라고 해야 할지 모르겠습니다. 하지만 하나 확실한 건
지금 내 곁에 있는 당신이 내 이상형입니다. 무엇과도 비
교할 수 없는 하나뿐인 이상형입니다.

웃을 때 옴폭 보조개가 들어가는 게 참 매력적인 당신입
니다.

제 이상형은 보조개가 있는 당신입니다.

그렇고 그런 말

예쁘다, 예쁘다 하면 예뻐진다는 말, 사랑하면 사랑스러워진다는 말을 좋아한다. 어릴 적 죽은 식물을 살리는 방법을 배운 적이 있다. 신기하게도 식물에게 물을 주면서 잘 자라줘서 고마워, 오늘도 예쁘구나, 곧 초록빛이 될 거야, 사랑해, 이런 예쁜 말들을 하면 식물이 죽었다가도 살아난다는 것이었다. 그 사실을 알게 된 나는 집에 있는 식물들에게 예쁜 말들을 퍼부었다. 그게 통했는지, 그 마음이 닿았는지 몇 달을 시들어있던 식물에서 작은 초록빛이 생기기 시작하더니 그렇게 일 년이 지나 아주 예쁜 초록빛을 띠는 식물이 되었다.

어린 마음에 너무 큰 감동을 받은 나는 근처 산에 쓰러진 나무에도 예쁜 말을 해본 적이 있다. 그 나무는 살아나지 못했지만 웃는 표정을 하고 있는 것 같았다. 그때부터였다. 예쁘다 하면 예뻐진다는 말을 좋아한 게. 그리고 자존감이 떨어질 때면 나에게 이런 말들을 한다.

넌 최고야, 넌 예뻐, 네가 제일 예뻐, 넌 정말 최고야.

말에는 힘이 있다. 그 힘으로 말이 닿는 곳을 보듬어줄지 공격할지는 말을 하는 사람에게 주어진다. 그 말은 입으로 전하는 말과 몸으로 전하는 말이 있다. 예쁜 말은 칭찬에 가까운 말들이고, 예쁜 행동은 상대 또는 나를 챙기는 행동들을 말한다. 말에는 돌아오는 성질이 있기에 내뱉었던 말과 행동은 언젠가 다시 돌아온다. 그것이 예쁘든 나쁘든 그냥 그런 말이든 전부 말이다. 그러니 되도록 예쁜 말을 입에 담았으면 한다. 만약 예쁜 말이 익숙하지 않다면 노력해야 하고 그러다 보면 분명 당신은 더 예뻐질 것이다. 나는 예쁘다 하면 예뻐진다는 말을 좋아한다.

결국 나의 말은 나의 선택이고 그 말들은 나 자신을 향하는 것이기 때문이다.

오늘의 우리는 또 예쁘다.

오늘도 예뻤을 당신은
_____

무척 향기롭습니다.
_____

_____

그 향이 여기까지 전해지거든요.
_____

잔향을 남기는

어느 순간부터 나는 사랑 뒤에 여운과 잔향을 남기는 사람이 되어있었습니다. 누군가 그러더군요. 그 여운이 행복과 슬픔을 동시에 줘서 미치게 한다고. 그 말이 저에게는 이렇게 들렸습니다. 그때도 지금도 여운과 잔향이 남는 사람은 어떠한 기억 속에 문득 떠오르는 순간이 있습니다. 그것이 어느 시점에서인지는 관계없이 말이죠. 그때도 지금도 저는 아마 그대로일 겁니다.

여전히 입맛도 까다롭고, 여전히 바쁘고, 여전히 표현이 서툴고요.

근데 이제는 여운이나 잔향을 남기고 싶지 않아졌어요. 당신 곁에 계속 있겠다는 말과 같은 말이겠네요.

우리는 운명

날이 좋다는 핑계로 당신을 찾아갈래요.

운명을 얘기하다 알게 된 사실이 있어요. 운명이란 게 갑자기 찾아올 수도 있지만 그냥 사랑하는 우리 둘이 서로를 운명이라고 말하면 운명이 돼요. 그렇게 살아가면 우린 운명인 것이었어요. 우리 운명이에요. 사랑할 수밖에 없는. 날이 좋은 날 당신을 찾아가 우린 운명이에요, 라고 말할게요. 사랑해요.

박혀있는 사랑

저는 여행을 좋아해요. 새로운 것을 두려워하면서 즐기기도 하고요. 새로운 것에서 오는 설렘과 신기함이 좋아요. 무엇보다 반복되는 일상에서 벗어나는 느낌이 들어 너무 좋아요. 여행 이야기를 시작하니 학생 때 갔던 첫 여행이 떠오르네요. 가방을 메고 무작정 집을 나왔거든요. 한없이 버스를 타고 가다 한적한 시골 그쯤에서 내렸어요.

어디서 묵어야 할지도 정하지 않고 갔던 터라 잘 곳을 찾아 헤매던 중 우연히 어떤 할머니와 마주해서 감사하게도 그 집에서 하루를 묵을 수 있었어요. 사실 그때 살기 싫어서 떠난 거였거든요. 근데 살 이유를 찾았다고 해도 충분한 1박이었어요.

드르륵거리는 경운기 소리부터 음매 하는 소들의 소리, 예쁜 눈인사를 해주시는 어르신들, 자식처럼 대해주시던 집주인 할머니, 고기를 구워다 주셨던 옆집 아저씨, 함께 배추를 따러 갔던 뒷집 이모, 포옹을 했던 마주한 수많은 사람들, 내 이름은 지원이지만 그날만큼은 지연이 되었던 순간들, 가만히 누워서 보던 별빛, 자장가 삼아 잤던 개구리 울음소리, 아침이면 밥 먹자는 할머니의 소리와 겹치는 닭 울음소리에서 많은 것들을 느꼈거든요.

그때부터인 것 같아요. 힘들면 무작정 떠나고, 여행을 좋아하기 시작한 게요. 그리고 더 꾸준한 여행을 결심한 건 그 여정들을 함께할 당신이 있기 때문이에요.

앞으로 그 여정들을 함께해줄래요?

그 여정을 우리 함께해요. 당신이 있으면 완벽할 것 같거든요. 할머니, 잘 지내고 계시죠? 조만간 이 사람과 함께 찾아뵐게요.

은은한 온도

마음의 결이 같다는 건 어쩌면 서로의 온도가 비슷하다는 뜻이 아닐까 싶습니다.

서로의 아침을 반가워하고 지난밤을 걱정하고 하루를 함께하는 그런 행위 또는 감정들이 사랑의 가장 큰 근거이지 않을까. 살아가면서 함께하고 싶은 사람들과 함께하는 것, 그게 행복이지 않을까. 다름을 맞춰가는 게 삶이지 않을까. 나는 우리 마음의 결이 비슷했으면 좋겠어요. 그러면 우리 사랑은 더욱 은은해지지 않을까요.

향수를 뿌린 뒤 남은 사랑스러운 잔향만큼이나 우리 사랑도 사랑스러울 테니까요. 슬프거나 기쁠 때 그 어떠한 감정에도 잡은 손을 놓지 말기로 해요.

혹여나 놓쳤을 땐 내가 다시 꽉 잡을게.

여름에 마주해 가을, 겨울 그리고 다시 봄을 마주하기까
지 너와 함께할 생각에 나는 요즘 밤잠을 설쳐요.

여름밤 겨울밤

여름밤을 닮았던 당신 덕분에 오늘도 저는 여름을 기대하고 있습니다. 얼마나 아름다울지, 얼마나 행복할지 말이죠. 그렇게 저는 당신이 없는 여름을 잘 보내고, 기대하며 살아가고 있습니다. 여름밤을 닮았던 당신은 나에게 이렇게 말했죠.

"내가 당신에게 여름밤이라면 당신은 내게 겨울밤이야."

추우면서도 포근해서 그렇게 말했다는 예쁜 이유를 덧붙이면서요.

그런 당신은 겨울인 요즘 겨울이 행복한지 궁금합니다. 나 때문에 아프진 않은지 말이죠. 그냥 다른 이유는 없고 부디 겨울이 아름답고 예쁘기만 했으면 좋겠다는 그런 마음에서요. 조금이라도 아린 마음이 없기를 바랍니다.

정말 그냥 그런 마음이에요.

여름밤을 닮았던 당신의 겨울이 매 순간 포근하기를.

나의 초록빛

'한 여름빛의 사랑'

이 구절을 떠올리면 자연스레 머릿속을 가득 채우는 한 사람. 뜨겁고도 따뜻했고, 빛나던 사랑이 있었다. 추운 겨울날, 번화가 한복판에서 운명처럼 횡단보도에서 마주한 키가 굉장히 큰 사람. 무슨 용기가 생겼는지 키 큰 그 사람을 한참이나 쳐다봤다. 횡단보도를 건너고 그가 지나치는 순간에도 내 시선은 그를 향해있었다.

우연히 들어간 그 근처 옷 가게에서 또 마주쳤다. 순간이었지만 머릿속에 제대로 박힌 그 사람을 한눈에 알아보았다. 멀리 서 있는 그 사람을 한참 쳐다보는데 점점 가까워졌다. 그가 터벅터벅 걸어오고 있었다. 그제야 내가 너무 쳐다봤다는 생각이 들어 황급히 눈을 피했다. 다가온 그는 예상에 없던 말들을 했다.

"초면에 죄송한데, 번호 좀 주실 수 있으세요? 그게 부담스러우시면 제 번호 드릴 테니까 연락해주세요."

저 날은 이상한 날이기도, 특별한 날이기도 했다. 둘 다 큰 용기를 낸 날이었고, 서로 반해버린 날이기도 했다.

그렇게 시작되었다.

한겨울에 만나 너 나 할 것 없이 사랑에 빠져 겨울 끝자락에서 사랑을 시작했고 그렇게 사랑을 읊었다. 함께 봄, 여름, 가을 또다시 겨울을 함께했다. 함께 보낸 계절은 사계절인데 그 사람을 떠올리면 한없이 뜨겁던 여름날의 오전과 조금 찬란한 오후가 그리고 아름답던 밤이 떠오른다. 같은 침대에서 아침을 맞이한 어느 여름날 덥지만 꼭 붙어있느라 바빴다.

넌 참 여름을 닮아있어.
특히 초록빛이 가득한 여름을.
사계절이 여름이었던 내 초록빛.

오늘의 기분 = 여름

오늘은 여름이 얼른 왔으면 좋겠다는 생각이 들었습니다. 여름을 딱히 기다리거나 여름을 가장 좋아하는 것도 아닌데 말이죠. 오늘 기분을 표현하자면 많고 많은 문장 중 이 문장으로 표현할 수 있겠더라고요.

"여름이 얼른 왔으면 좋겠다."

지금의 날씨는 봄이 오는 듯싶더니 다시 추워졌고, 눈이 왔어요. 또 눈이 와서 추운가 싶더니 햇빛이 쨍쨍한 날이었어요. 그래서였을까요. 얼른 여름이 왔으면 좋겠다는 문장이 튀어나온 게, 더 이상의 바람이 춥지 않았던 게. 얼른 여름이 와서 당신과 푸릇한 길들을 마주하고 싶어진 오늘이에요.

당신을 이다지도 사랑한다.

가을

착각이어도 좋아

누군가를 '좋아한다'는 마음은 '사랑한다'는 마음보단 중요하거나 소중하지 않다고, 그저 가벼운 감정이라 생각했다. 요즘 들어 좋아하는 것들을 하나씩 찾기 시작하니 좋아하는 감정이 시간이 지나 뭉치면 비로소 사랑이 된다는 것을 깨달았다. 생각보다 좋아하는 감정은 당연하거나 작은 감정이 아니었다. 누군가를 좋아하는 마음을 그리 가볍게 여기지 않았으면 좋겠다.

곧 사랑이 될 감정이니까.

그 모든 게 착각이어도 좋다. 좋아하는 마음조차 애초에 그 시작조차 착각이어도 좋다. 착각도 명분이 있어야 할 수 있는 것이다. 끝내 착각이 아니라는 걸 알았을 때 그건 사랑이 되어있을 것이다.

우리 이런 사랑을 하자

누가 더 사랑하는지 재고 따지고 고민하는 그런 사랑 말고, 그런 사랑도 재미는 있겠지만 내가 더 사랑하고 말 거야, 라는 진심과 약간의 장난이 섞인 마음과 행동으로 더 해주지 못해 아쉬워하는 그런 사랑을 하자.

누군가로 인해 질투를 유발하기보다는 상상치 못한 달콤한 말들로 귀를 녹여주자. 질투는 좋아하는 만큼 괜스레 서운해지기 마련이잖아.

그러니까 차라리 서로에게 취해 정신 못 차리게 하자. 눈을 잘 맞추지 못해도, 수줍게 웃어도, 조금 먹어도 다 좋아. 만날수록 잘해갈 테고 더 사랑할 거야. 그렇게 우리 멀리서도 한눈에 알아보고, 마주하면 웃음부터 나오고, 아무것도 없이 손잡고 걷기만 해도 행복하고, 매번 두근

거리진 않지만 사랑하는 마음은 가득한 그걸로도 충분한
사랑을 하자.

당신 손을 잡으면 어디든 갈 용기가 생겨.
당신은 웃어도 울어도 다 예쁘더라.

우리 그렇게 숨 막히는 사랑들을 하자.

안아줄게요

이리 와, 안겨.

아무 말 하지 않아도 돼요. 그저 힘들 때, 행복할 때, 기쁠 때, 슬플 때 어떤 순간이라도 이리 와서 안겨요. 아무 질문 없이 그저 꽉 껴안아줄게요.

당신이 얼굴을 묻고 안기면 힘들구나, 할 테고 활짝 웃으며 안기면 행복하구나, 할 테고 가만히 안겨서 움직이지 않으면 슬프구나, 할 테고 와락- 안겨서 날 바라보면 사랑을 말하는 줄 알 테니까 그저 아무 말 없이 안겨도 돼요.

당신도 알잖아요. 제가 포옹을 참 좋아한다는 것을요. 그러니 걱정 말고 마음껏 안겨요. 저는 사랑하는 당신이 내

앞에서만큼은 어린아이가 되었으면 좋겠어요.

그냥 안겨요.

아무런 말이 필요하지 않아요.

달과 구름

우리가 함께 밤하늘을 보던 날, 나는 어두운 밤에도 보이는 구름이 참 예쁘다고 했고, 당신은 그 옆에 있는 달이 예쁘다는 말을 했어요. 같은 시선에 다른 의미를 가지는, 그런 우리가 사랑을 하고 있다는 게 신기한 날이었어요. 어쩌면 보는 시야까지도 다른 게 우리일 수 있겠구나 했죠. 그런 우리가 사랑을 외칠 수 있었던 것은 시선이 같았기 때문이었어요.

함께 밤하늘을 보았으니까요. 함께 본 밤하늘에 나는 구름, 너는 달을 예뻐했지만 결국 같은 하늘에 떠 있는 것들이었어요. 그거예요. 우리의 사랑. 모양은 다르지만 함께한다는 것이 우리가 하고 있는 사랑이에요.

달랐지만 사랑했고, 그것으로 되었다.

결국 사랑

떠오른 저 달빛에 빌었어요.

술이 없어도 당신의 밤이 평온하기를 말이죠. 그리고 이상한 마음으로 하나를 더 빌었어요. 당신 곁에 있는 그 사랑이 영원 또는 평생 함께하기를 말이죠. 소원을 빌다 구름 사이로 가려지는 달빛을 보며 이번에는 나를 위한 소원을 빌었어요. 가려지는 달빛을 끝으로 이제는 당신을 떠올리지 않게 해달라고 그리고 더 이상 뜬금없는 연락이 오지 않게 해달라고, 끊을 수 있다면 영영 보지 못하는 인연이 되게 해달라고 선선한 밤에 꼭 이루어졌으면 하는 소원을 달빛에 빌었어요.

온 마음의 간절함과
온 세상의 사랑을 담아서.

깊은숨

쓰-읍 숨을 들이마시고 후-우 숨을 내뱉어요.

그 깊은숨이 당신의 힘듦을 모두 덜어내 줄 수 없지만 잠깐의 도피 정도는 할 수 있지 않을까, 복잡한 마음에 약간의 쉼을 줄 수 있지 않을까, 남들이 보기엔 한숨이지만 나에게는 나를 위로하는 깊은숨이에요.

그 작은 찰나의 순간들이 모이고 쌓이다 보면 결국 전체를 차지하는 날이 올 수도 있잖아요. 그러니까 크게 마시고 깊게 내뱉어요. 당신의 깊은숨을 응원할게요. 결코, 그건 한숨이 아니라는 걸 기억해줬으면 좋겠어요.

무너진 나를 다시 마주할 때

잘 살아가다 문득 무너진 날들의 나를 떠오르게 하는 순간들이 있다. 가만히 텔레비전을 보다 울컥하고 오늘처럼 길을 걷다가도 울컥한다. 그럴 때마다 어느 날은 무너져 울어버리기도 하고 어느 날은 애써 참고 괜찮다며 주문을 걸기도 한다.

어느 선택이 더 좋은지에 대한 정답은 없어요. 전부 놓고 울든, 전부 감싸 안고 다독이든. 다만, 매번 새로울 뿐이에요. 무너진 나를 마주하는 게, 마주하는 매 순간이 처음과 같을 뿐이에요. 그래서 조금 걱정돼요. 남을 위로하고는 있지만, 여전히 나는 어떻게 위로해야 하는지 모르겠어서. 무너진 나를 다시 마주할 때면 어떤 행동을 취해야 하는지도 모르겠어요. 알기 힘든 것 같기도 하고요.

어쩌면

우리 삶의 의미는 나를 위로하는 순간을

깨달아가는 데 있는 것 아닐까요.

그 순간이 제각각이기에 삶이 모두 어려운 게 아닐까요. 그래서 무너진 나도 당신도 아름다운 것 아닐까요. 당신은 어떻게 생각할지 모르지만 이 사실 하나만 알아주세요. 무너진 우리도, 아직 자신을 위로할 줄 모르는 우리도, 괜찮은 척하며 사는 우리도 모두 아름답다는 것을요.

그냥 있는 그대로 아름답다는 말이에요.

부자가 되는 것보다 스스로를 위로하는 게 더 힘들 거예요.

어느 날 갑자기

무너지는 저를 발견할 때가 있어요.

그때마다 그냥 피식 웃어요.

힘들었을 나에게 하는 위로로 말이죠.

오늘 고생 많았다. 피식

일상

이미 당신으로 가득 차버린 나의 일상을 보니 당신의 일상에도 내가 있었으면 좋겠다는 생각이 들었어요.

자기 전 잘자, 라는 말 뒤에 사랑한다는 말을 붙이고 싶어요. 좋은 아침이라는 인사말 뒤에 덕분에 잘 잤다는 말을 붙이고 싶어요. 일상을 보내다 보고 싶다는 말을 건네고 싶기도 하고요. 주말이 얼른 오기를 바라고 무엇을 할지 설레며 찾고 싶어요.

그래도 되는 사이가 되고 싶어요. 그렇게 특별한 사이에서만 할 수 있는 그런 것들 있잖아요. 당신과 함께하고 싶어요.

특별한 사이가 돼서 함께한다면 일상이 잔잔하고도 찬란

한, 주황빛을 띠는 군자란 꽃이 한가득 있는 꽃밭과도 같을 것 같거든요. 여름과 가을 사이에서 오는 그런 벅참이 있을 것 같거든요.

당신의 일상에 나를 포함시켜줄래요?

어떤 문장이 좋을까

좋아하는 사람이 생기면 언제 할지도 모르는 고백 멘트를 연습하곤 해요. 어떤 예쁜 말들이 있는지 한참을 생각하고 그걸 더 예쁘게 말할 수 있는 방법을 연구하기도 해요. 꽤 자주 생각하는 편이기도 하고요. 그 마음들을 가지고 수줍게 내보인 적도 있었고, 때론 소나기처럼 퍼부었던 날도 있었죠. 그렇게 고백에 대해 많은 생각을 하지만 정작 고백을 하는 타이밍에는 머릿속이 하얘져 아무것도 생각나지 않더라고요.

되게 예쁜 말들을 생각해놨는데 결국 그 사람 앞에서 하려니 까맣게 잊어버렸어요. 여전히 저는 고백이 서툴고 준비한 말들을 하지 못해요. 그래서 여기다 조금 써보려고 합니다. 그 사람에게 전하지 못한 그날의 말들을요.

H야, 내가 고백하던 날 기억나? 꽤 많은 시간을 함께하는 중이어서 기억이 잘 안 날 수도 있겠다. 고백하던 날은 시간이 너무 순식간이었잖아. 그래서 기억에 남고 기록이 되도록 책 한 부분에 너를 위한 문장들을 남겨봤어. 온점 하나까지 다 읽어주라.

H야, 너는 흔하지만 맘을 가장 알기 쉬운 말이라서 사랑한다는 말을 좋아한다고 했잖아.

그래서 말인데

하늘이 푸른 만큼
우주가 넓은 만큼
장마 기간에 비가 오는 만큼
가오리보다 조금 더 사랑해.

2017년도의 가을

2017년도의 어느 가을날, 사랑을 열심히 읊었던 가을날, 그렇고 그런 가을날, 참으로 아리따웠던 가을날이 있었다. 가을엔 더운 여름을 지나와 선선한 바람을 느낄 수 있다. 괜한 날씨에 기분이 좋아지기도 하며, 갑작스럽게 사랑을 읊기도 한다. 나의 2017년도 가을날은 무모했지만 솔직한 사랑을 읊었고 그 사랑은 꽤나 오래도록 지속되었다. 무모하게 사랑을 전하던 날 깨달은 게 있다. 감히 사랑이 무모해서 안 되지만 때로는 감히 무모해도 된다는 것을요.

그런 게 사랑이라는 것을.

커피 같은

물에 에스프레소를 반 잔 넣은 연한 아메리카노와 물에
에스프레소를 한 잔 넣은 보통의 아메리카노와 물에 에
스프레소를 두 잔 넣은 진한 아메리카노가 있다.

세 가지 모두 맛도 깊이도 향도 다르다.

사랑도 그런 것 같다는 생각이 스쳤다. 얼마나 만났는지
그 기간보다 얼마나 진했는지 마음의 짙음에 따라 사랑
의 깊이 차이를 알 수 있는 것 아닐까.

3년을 만난 사람보다 3개월을 만난 사람이 더욱 떠오르
는 것은 아마 짙고 옅음의 차이인 것 같다. 보통의 경우
오래 만날수록 진하다고 생각하기 마련이니까.

나는 짧더라도 깊은 사랑을 하고 싶다. 이별에 몸이 반쪽이 되는 것과 같은 고통이 들지라도 온 마음을 다 쏟을 수있는 그런 사랑을 하고 싶다.

한 편의 너

딸각딸각
몇 번의 손짓으로 추억이 지워진다.

우리가 남겨온 추억의 한 편들은 지울 마음을 먹고 지우기 시작하면 순식간에 지워진다. 많은 추억을 만들고 있다며 뿌듯해 하던 그때는 온데간데없이 손짓 몇 번으로 우리의 사진들이 지워지고 잠깐의 스크롤로 우리의 추억 전부를 바라볼 수 있다. 인생 전부를 걸듯 사랑했지만 그 끝은 고작 한 편의 우리, 한 편의 너만 남았다.

추억을 지우고 기록을 지우는 일은
뭐가 이렇게 쉬운 것일까.

마음과는 너무 상반되게 기록들은 순식간에 낡은 필름이

되어버린다. 그렇게 지워지고, 낡은 한 편의 너를 간신히
떠올리다. 이내 낡아버린 필름을 버린다.

세월

당신과 여름에 보았던 영화가 겨울인 지금은 텔레비전에서 상영되고 있네요. 당신과 그 영화를 볼 때 무서운 장면이 나오면 서로를 바라보았고 잔인한 장면이 나오면 자연스레 손을 잡았고, 진한 스킨십이 나오면 부끄러워하기 바빴어요. 영화가 끝나고 퇴장하는 사람들 사이에 우리는 앉아 줄거리와 소감을 이야기했어요. 무서운 장면을 보고 놀라던 서로를 놀리기 바빴고요. 그렇게 여름의 영화를 시작으로 함께 영화를 참 많이 봤고 그만큼 추억도 늘어갔어요.

겨울이 된 지금, 우리가 여름에 함께 봤던 그 영화가 텔레비전에서 방영하는 걸 우연히 봤어요. 그 영화로 슬며시 당신을 떠올렸고 다시금 그때 그렸던 줄거리를 그려보게 되었어요.

흘러간 세월에 당신을 추억했고, 그리고 나를 추억했습니다. 세월이 벌써 이만큼이나 흘렀네요.

목소리

그는요, 높낮이가 그리 크지 않은 잔잔한 목소리를 가졌어요. 그게 때로는 엄청 즐겁게 해주기도 하고, 때로는 울던 마음을 위로해주기도 해요. 신기하죠, 말이 아니라 목소리로 위로를 받는다는 게. 신기하게도 그게 가능하더라고요. 그의 목소리는 말이 안 되지만 비속어를 써도 되게 좋을 것 같은 목소리랄까요. 왜 우리 살면서 잊을 수없는 것들 하나쯤은 가지고 있잖아요. 무의식중에 떠오르거나 생각나는 것들. 그가 가진 목소리가 그랬어요. 아주 가끔이지만 생각나고, 생각하면 보고 싶어지거든요. 목소리에는 별로 힘이 없다고 생각해왔는데 생각보다 큰 힘을 가지고 있더라고요.

그것만으로도 사랑에 빠질 이유는 충분하고요.

생각이 많을 때면 밥 대신 젤리를 찾고 잠 대신 영화를 찾습니다. 몸에 좋지 않다는 것을 알면서도 말이죠. 그렇게 생각이 많을 때면 습관처럼 밥을 거르고 습관처럼 영화를 고릅니다. 몸에 좋지 않다는 것을 수백 번 알아차려도 말이죠.

그렇게 지내던 어느 날, 몸이 망가질 대로 망가져 약을 먹어도 괜찮아지지 않던 날에 깨달은 게 있어요. 그동안 습관이라 어쩔 수 없다며 해오던 것들로 결국 내가 나를 아프게 했다는 것을요. 정확히 그날 이후 생각을 바꿨어요. 나를 위하는 것이 정말 나를 위했던 일인지 다시 생각해 보게 되었고요.

그렇게 차근차근 나를 바라보고 사랑하다 보니 세상에

사랑할 것들이 참 많았어요. 나 스스로도 사랑스러운 점이 참 많더군요. 오늘이 힘겹고 우울했을 당신을 위해 나를 꺼내 보여주고 있지만 큰 도움이 될 거라는 오만은 하지 않아요. 다만 작은 움직임들이 모이고 모여 반드시 도움이 될 거라 믿어요.

나를 위해서,

사랑하지 않는 것들을 애써 사랑하려 하지 말기로 해요. 그럼에도 나는 사랑해주기로 해요. 천천히 하다 보면 사랑스러운 것들이 하나둘 늘어날 거예요.

우리, 그렇게 함께 살아가요.

컷, 오케이

가만히 있으면 영감이 떠오르지 않는다. 작은 움직임이라도 있어야 한다. 길을 걷는다거나 카페에 앉아 사람구경을 한다든가 누군가와 마주하고 있는 순간, 누군가를 기다리는 순간, 누군가와 웃고 있는 순간, 그런 소중한 순간들에서 나는 영감을 얻는다. 가만히 노래를 듣고 있으면 그 노래는 한 편의 영화가 되기도 한다. 노래와 연관된 장면들이 단편 영화처럼 떠오른다. 그 속에서 나타난 감정들은 생각보다 다양하고 다양한 영화들이 존재한다.

삶이란 그런 것이다. 다양한 단편 영화를 찍고 만들어가는 것, 그것들이 모여 길고 긴 한 편이 되는 것. 그러니 실패든 성공이든 무엇이든 그 순간을 단편 영화라 생각하자.

실패로 끝난 영화는 다시 시작된다. 당신이 성공하는 영화로, 당신이 행복해하는 영화로. 그러니 우리 너무 자책하지도 좌절하지도 말자.

삶 자체만으로도 아름답기 벅차니까.

나의 영화에 출연해줄래요?

있다가 없으니까

건물이 없던 곳에 건물이 생기면
오늘같이 찬 바람을 막아주고
건물이 있던 곳에 건물이 없어지면
오늘같이 찬 바람을 막아줄 수 없다.

마치 삶도 이런 게 아닐까. 사랑도 사람도 우리가 고민하
는 모든 것들이 이러한 게 아닐까.

있다가 없어지면 있었으면 하고, 없다가 생기면 큰 소중
함을 알지 못한다. 있던 것은 있었던 것에 대한 아쉬움이
남지만 없던 것에는 있는 지금만 머릿속에 가득해진다.

그렇게 모든 것을 없던 것처럼 해보거나
모든 것을 있던 것처럼 해보거나

그러다 보면 소중함을 깨닫게 될 거예요.

사랑도, 사람도 전부.

나에게

"아프지 말자."

잔잔하던 물결에 큰 파도가 치기 시작하면 걷잡을 수 없이 커져 나를 나조차도 감당하기 힘들어진다. 한동안 잘 잔다고 소홀했구나. 그것들이 모이고 쌓여 날 아프게 하는구나. 애써 모든 것들을 잘 잔다는 짐작 하나로 넘겨버렸구나. 쓰러지기 전에 쉬자. 누구를 만나는 것도, 누군가를 행복하게 해주는 것도, 무엇을 준비하는 것도 모두 좋지만 네가 행복하기 위해 하는 것들이니까. 지금은 쉬고 아프지 말자.

"행복하자."

연말만 되면 신이 나는 너는 그 과정에서 지난날을 평가

하겠구나. 그 평가는 적당히 했으면 좋겠다. 확실히 연말은 그 해를 돌아보게 되고 이룬 것과 그렇지 못한 것들을 따지게 된다. 투자한 금액들을 정산하고, 지출한 것들을 정산하며 그렇게 한 해를 돌아보고, 재정비하고, 다시 계획을 짜는 것은 좋다. 그러나 그것을 시작으로 지난날의 너를 정도껏 의심했으면 좋겠다. 잘 살고 있다는 믿음이 그 평가들로 인해 팍팍 줄어들지 않았으면 좋겠다. 잘 살아왔기에 지금의 네가 있으니까. 그러니까 행복하자.

"사랑하자."

지난 사랑들은 아름다웠다며 저쪽으로 넣어두자. 다가온 사랑에 집중하기에도 벅차니까. 하지만 너무 모든 것들을 사랑하려 하지 말자. 네가 정말로 사랑하는 것들을 소중히 여기고 사랑하자. 그리고 누군가 이유 없이 너를 너무도 사랑해준다면 그 마음에 진심을 다해 보답하자. 상대가 주는 같은 크기와 모양의 사랑이 아니더라도 말이다. 사랑이 어떤 모양인지는 대봐야 안다. 너무 단정 짓지도, 미래를 크게 그리지도 말자. 다가온 사랑을 열심히 사랑하자.

오늘의 나에게,
지금의 나에게

눈 맞춤

말이 많은 나는 당신 눈을 맞추기 바쁩니다. 가만히 보고 있으면 아무런 생각이 들지 않는달까요. 내 시선 끝에 당신이 있다는 핑계로 당신 생각을 가득할 수 있어서라고 할까요.

당신의 눈동자 색이 무엇인지, 당신은 어떤 모양의 눈을 가졌는지, 당신은 나를 어떤 눈빛으로 바라보고 있는지, 당신이 눈으로 어떤 말들을 하는지, 당신이 바라보는 나는 어떤 모습인지, 당신의 속눈썹 모양은 어떤지, 당신의 눈매는 어떤지 눈 맞춤을 하다 보면 알 수 있는 것들이 많아집니다.

눈을 맞추다 보니 의문이 생겼습니다.

수많은 눈 맞춤을 하다 보면 당신에게 내 사랑이 닿을까, 하는 그런 의문이요.

그래서 연습하고 있습니다. 눈빛으로, 눈 맞춤으로 당신에게 사랑이 전해졌으면 해서, 눈으로 사랑을 전하는 방법을 오늘도 나는 연습하고 있습니다. 눈을 맞춰주실래요? 사랑을 전할게요. 참으로 귀여운 표정을 지을 당신이 그려지네요. 사랑합니다.

한참을 가야 합니다

이별 후 그리도 가슴이 찢어지게 아픈 것은, 이별 후 그리도 복잡한 감정이 느껴지는 것은, 이렇게 지금 우리가 심란한 건 서로가 서로의 최근이었기 때문입니다. 최근을 떠올리면 서로밖에 없기에 그 최근이 다 닳을 때까지 심란할 것입니다. 미련과 비슷한 형태를 띠고 있지만 미련이 아니라 그건 그냥 서로가 서로의 최근이고, 그 최근을 떠올리면 서로밖에 없기 때문입니다.

추억이 되려면 아직 한참을 더 가야 할지도 모르겠습니다. 아마 그때까지 심란하겠죠. 더 이상은 심란하지 않게 그것들을 더 이상 최근이라 부를 수 없게 금방이고 시간이 지났으면 좋겠어요.

미련이 아니라, 그냥 최근이라서.

사실

잔잔해 보이는 글 뒤로 잔잔하지 않은 제가 있습니다. 정신없는 제 머릿속이 존재하고 잔잔한 저도 있습니다. 바람결에 기쁨을 느끼기도 하고, 작은 소리에 소중함을 느끼기도 합니다. 다양한 모습을 가지고 있는 저를 인정하기까지 또한 알아가기까지 많은 시간을 지나왔어요. 당신도 그 길들을 걷고 있겠죠. 지금 우리가 복잡한 것은 나를 찾고 있기 때문이 아닐까요.

제가 이렇게 사실이라는 단어로 저를 드러내는 것처럼 말이죠. 사실이라는 단어 속에 나를 얼마나 드러낼 수 있을까요. 저도 당신도 그 단어 속에 나를 얼마나 알고 있을까요. 하나씩 던져지는 질문에 나는 얼마나 대답할 수 있을까요. 결국 사실이 의문을 만들어내고 또 사실을 찾아가네요. 그래서 삶이 복잡한 것 아닐까요.

그렇기에 당신이 이 글을 읽고 있는 게 아닐까요. 잔잔하지만 잔잔하지 않은 누군가에게 괜찮다고 말해주고 싶습니다.

사실은 나도 그 말이 필요했으니까.

괜찮아. 전부.
괜찮을 거야. 모두 다.

흔한 착각

헤어짐이 삶에 들어올 때면 우리는 흔한 착각에 휩싸인다.

헤어지기 전과 똑같이 살 수 있다는 착각.
아무렇지 않다는 착각.
괜찮다는 착각.

우리를 괴롭히는 건 이별이 아니라 이별 후 착각이다. 사랑했는데 어떻게 아무렇지 않을 수 있을까. 때때로 이별 후 우리는 과거를 돌아보며 그전과 같은 삶을 살기를 바란다. 하지만 절대로 그전과 똑같이 살 수 없다. 이미 그 과정을 거쳤고, 감정들을 느꼈고, 수많은 상황을 마주했다.

이별 후 하지 말아야 할 것.

괜찮다는 착각.
돌아갈 수 있다는 착각.
나만큼 상대도 아플 거라는 착각.
나처럼 상대도 그럴 거라는 착각.

헤어진 이유를 까먹어도 좋으니 섣부른 상상은 하지 않
았으면 좋겠다.

이상한 새벽

새벽은 되게 이상하다. 초점을 잃어버리게 하고 잃어버린 그 초점은 모든 일을 저지르고 나서야 알아차리는 것이다.

새벽은 참 이상하다. 왜 이전의 것들이 그리도 그리워지는 것인지, 왜 이전의 것들을 되돌리고 싶어지는 것인지. 새벽은 왜 무엇을 그리워하게 되고 동시에 손을 내밀 수 있는 용기가 생기는 것일까.

새벽은 무언가를 소멸시키고 그것을 채울 수 있는 것을 소환할 수 있게 하는 마음을 들게 한다. 왕래 없던 사이에서 안부를 물어보게 되는, 그런 순간들이 새벽에 이뤄진다.

전에 우정 했던, 사랑했던 사람들에게 연락하는 것.

새벽, 모든 것을 할 수 있는 용기가 생기지만 그 용기는
생각보다 이상하니 전화기는 잠시 꺼두자.

우리가 사랑하지 않았더라면

내가 너를 사랑하지 않았더라면 우리가 이리도 아플 일도 없었을 것이다.

우연히 마주했든 의도해 마주했든 어떻게 마주했든 관계없이 너를 한 번 더 보고 싶다는 마음이 생겨도 감추어야 했다. 보고 싶다는 생각만으로 그쳐야 했다. 또다시 마주하지 말았어야 했다.

**그렇게 손을 마주 잡지도
그렇게 사랑을 말하지도
그렇게 껴안지도 말았어야 했다.**

모든 것을 하지 않았더라면
나만 아프고 말았을 모든 것들.

나 혼자 너를 사랑하다 그쳤다면

우리가 이리도 아프지 않았을 것을.

내가 너를 사랑해서 너까지 아프게 만들어버렸다.

내가 너를 사랑하지 않았더라면

우리가 이리도 아플 일도 없었을 것을.

오만과 편견

우리 사랑에는
우리가 영원할 거라는 망상이 담겨있다.

얼마 지나지 않아 그건 진짜 망상이 되었다.
우린 영원하지 못했다.

그럼에도 그 영원하지 못한 영원 뒤로
또 다른 망상을 한다.

우리가 다시 사랑할 거라는 망상.

오늘 너무 힘이 드는 건

내일은 되게 행복할 거란 뜻이었으면 좋겠습니다.

오늘 힘들었던 당신이

내일을 기대하며 잠이 들고

근사한 내일을 마주했으면 하거든요.

똑딱똑딱

우리 근사한 오늘을 마주했네요.

겨울

지금, 겨울

그런 계절이 왔다.

시린 손을 꽉 잡을 수 있는
추위에 꽉 껴안을 수 있는
하얀 눈과 함께 사랑을 속삭일 수 있는
추워도 참 포근할 수 있는
예쁜 빛이 가득한 거리에서
더 예쁜 너를 느낄 수 있는

그런 계절, 겨울이 왔다.

사랑하기 참 좋은 계절이 온 것이다.

어여쁜 사람

먹을 때 항상 나에게 먼저 주던 사람, 웃을 때 보조개가 들어가는 사람, 걸을 때 손을 절대 놓지 않던 사람, 앉을 때 매번 어디선가에서 손수건을 꺼내오던 사람, 함께 있을 때 가장 웃기고 즐겁고 행복한 사람, 화가 나도 사랑한 다는 말을 빼놓지 않던 사람. 어여쁜 사람을 쓰다 보니 자연스레 그대가 생각났다. 내 눈이 높아진 건 당신 때문이다. 너무 예쁜 당신이 내 곁에 오래도록 머물고 있기 때문이다. 다른 마음조차 들지 못하게, 그래서 어떤 상황에서도 당신을 찾을 수밖에 없도록 그렇게 나를 조종하는 것 같다.

당신은 거대하게 어여쁘다.
계속 당신의 사랑이 지속되었으면 하는 욕심이 든다.

놓지 말자

우리 꽉 잡은 두 손 평생 놓지 말자.

보고 싶다는 말을 반복하게 되는 사람, 좋아한다는 말을 반복하게 되는 사람, 사랑한다는 말을 반복하게 되는 사람. 마주하면 세상을 다 가진 듯 행복하고 헤어지면 세상을 다 잃은 듯 애틋해진다. 좋은 걸 보고 느끼고 먹을 때마다 자연스레 머릿속에 떠오르는 사람, 함께 와야지 하며 메모하게 되는 사람.

더 많은 것들이 생겨날 사랑, 더 많은 것들을 함께할 사람.

그런 사람, 사랑에게 우리 꽉 잡은 두 손 놓지 마요.

눈 오던 날

눈이 펑펑 오던 그날에 우린 아무 말 없이 손을 잡고 걸었다. 나는 눈이 와서 너무 기쁘고 행복했고 그는 슬픔이 가득한 표정을 하고 있었다. 짐작이지만 그게 꼭 짐작은 아닐 것만 같은, 이별을 말할 것 같은 표정과 함께 계속 걸었다.

집 앞에 도착한 나는 그에게 인사를 했고 그는 드디어 입을 떼기 시작했다.

"너랑 손잡고 눈길을 걸어보고 싶었어. 나랑 할머니, 할아버지가 되어서도 이렇게 눈이 오는 길 함께 걷자."

그제야 나는 정말 온전히 행복하게 내리는 눈을 즐길 수 있었다.

할머니, 할아버지가 되어서도 사랑하자는 말, 그것만큼
이나 큰 사랑은 없는 것 같은 날이었다.

우리 할머니, 할아버지가 되어서도 사랑하자.

p.s 내가 간지 나는 지팡이 사줄게.

별똥별

당신으로 인해 터져버린 울음이 그치지 않는다. 문득 마주한 장면에 적절한 배경음악과 불어오는 바람까지. 온통 당신을 떠올리게 하는 것들뿐이다. 난 아직 당신이 그립고, 보고 싶다. 난 아직 당신에게 하고 싶은 말, 행동, 표현이 남아있다. 볼 수도, 만질 수도, 느낄 수도 없다. 아무것도 해줄 수 없는 게 너무 싫다. 난 지금도 당신이 너무 보고 싶다. 시간이 너무 빨리 지나간다. 당신을 금방이라도 볼 수 있을 것만 같은데, 아직 그 자리에 앉아 나를 보며 반가워할 것만 같은데, 오랜만에 보는 내 얼굴을 쓰다듬느라 바쁘고, 내가 싸온 도시락을 열심히 먹느라 바쁠 텐데. 산책을 함께 나갈 때면 이대로 둘이서 멀리 좋고 예쁜 곳에 가고 싶다는 말을 항상 빼놓지 않았는데. 당신이 했던 행동과 말들이 오늘따라 미치도록 아프다.

서로 노력했지만

절대 좁혀지지 않고 바꿀 수 없는

운명 사이로 우리는 이별해야만 했다.

그 추운 겨울날, 새해를 앞둔 그날에, 당신이 깨어있을 새벽에, 우리는 끝내 이별해야만 했다.

당신은 내 마음속 0위입니다. 이번 생에도 다음 생에도 변함없어요. 별이 된 당신이 하늘에서 사귄 친구들이 떨어지는 날이면 소원을 빌어요. 언젠가 당신을 또 마주하기를.

우리 꼭 만나요.

사랑해요.

유별난 손녀

살다가 끝내 가슴이 아려오는 순간들이 있다. 잘 참아왔지만, 잘 견뎌왔지만, 잘 숨겨왔지만 그렇게 잊히는 줄 알고 있었지만 결국 그렇지 못한 것들이 떠오르는 순간들이 있다.

내가 신발에 신경을 쓰고, 자주 사기 시작한 것은 하늘이 당신을 데려간 그날, 마지막 인사를 건네는 도중 만진 당신의 발이 얼음보다 차가웠고, 그게 너무 마음 아렸기 때문이다. 따뜻할 리가 없다는 걸 알면서도 따뜻하기를 빌었는지도 모른다. 평소 발을 아파하던 당신이 떠올랐고 이제는 아프지 않아도 된다고 말하고 보니 더 이상 당신을 만날 수 없음이 실감 났다.

다들 곤히 잠든 당신의 얼굴을 보며 마지막 인사를 하고 가슴에 담았지만 나는 당신의 발을 보며 마지막 인사를 건넸고 그걸 가슴이 담았다. 그 온도는 몇 년이 지난 지금도 잊히지 않는다. 잊으려고도 하지 않는다. 애써 온 힘을 다해 기억한다. 당신의 차가웠던 그 온도를 말이다. 그리고 기억하다 후회한다. 그땐 갑자기 당신을 데려간 하늘을 탓하느라 바빴다. 당신의 그 발에 고운 신발을 신겨주고 싶었다. 세상에서 가장 좋고 예쁜 것으로 신겨주고 싶었다. 하늘을 조금 덜 탓하고 그곳에서 신을 예쁜 신발을 선물해줄 걸 그랬다는 후회를 아주 가끔이지만 하곤 한다.

이곳에서 아팠던 당신이 그곳에서는 아프지 않았으면 좋겠다. 내 행복을 가져가도 좋으니 나보다 행복했으면 좋겠다. 아주 가끔이지만 길을 가다 눈물을 흘린다. 티비에 장례식장 화면이 나오거나, 길거리에서 노인분들을 마주할 때 괜히 울컥하곤 한다. 그리고 노인분들에게 말을 건네고 하루를 여쭤보고 함께 인생을 들여다보게 되었다. 자연스레 나오는 당신 이야기로 난 당신을 추억하고 그들은 예전의 그들을 추억하며 미소 짓는다.

당신에게 나는 다음 생에도 기억에 남을 정도로 유별난 손녀

로 남고 싶어요. 그리고 저 되게 잘 살고 있어요. 돈도 잘 벌고 취미도 많고 당신에게 받은 사랑들을 나누며 잘 살고 있어요.

당신도 그곳에서 행복할 거라 믿어요.

선물

소중한 사람에게 선물을 해본 적이 있나요?

선물은 받는 사람이 더 행복할 것 같지만 사실 주는 사람과 받는 사람 모두를 행복하게 한다. 행복의 크기는 조금 다를 수 있지만 행복의 본질은 변하지 않는다. 선물을 주는 사람은 그 선물을 고르고 주기까지의 과정과 받은 사람이 지을 표정을 떠올리며 행복을 느낀다. 선물을 받는 사람은 받는 순간 주는 사람이 그간 했을 노력을 떠올리고 그 정성과 받은 선물에 행복을 느낀다. 그러니 나의 잦은 선물을 당신이 부담스러워 하지 않았으면 좋겠다. 선물을 고민하고 결정하기까지 꽤나 수많은 고민으로 머리가 아플 것 같지만 그 과정들에서 오는 설렘, 우리가 이런 것을 할 수 있는 사이라는 것에서 오는 행복이 너무 크다.

그를 만나러 가는 길에 우연히 마주친 꽃 한 송이,

그가 좋아하는 아기자기한 소품,

그와 나의 그림이 그려진 케이크,

꽃 한 송이가 무수히 모여 만들어진 꽃다발,

길 가다 예쁘다고 했던 머플러,

필요한 것 같다던 잠옷.

나는 당신에게 꽃을 사줄 때 너무 즐겁습니다.

그 꽃을 받고 웃음 짓는 당신이 너무 예쁘거든요.

나는 우리가 선물을 할 수 있는 사이라서

오늘도 행복합니다.

거기, 당신.

웃는 게 참 예쁘세요.

그 웃음이 저한테 닿을 정도로요.

사랑이 끝에 닿았을 때

어느 순간 사랑이 끝에 닿았음을 느낄 때가 온다. 그 순간은 상상도 못 한 때에 찾아온다. 길을 걷다가도 오고 잠에 들다가도 온다. 그 끝에는 다양한 형태가 존재한다. 뜨겁던 불씨가 은은한 불씨가 되는 것과 뜨겁던 불씨가 식어 재가 되는 것, 아예 반대로 될 수 있는 무수한 것들이 존재한다.

사랑이 끝에 닿았을 때, 매 순간 뜨거울 순 없겠지.

문장이 스치던 그날에 우리의 사랑은 어디쯤일까, 끝에 닿으면 어떻게 될까, 사랑은 결국 끝에 닿게 되는 것일까, 지금 우리의 사랑은 어떨까.

바쁘고 바쁜 현대사회

넌 빈틈없이 바쁘다.

이런 생각이 들었다는 것은 당신에 대한 마음이 줄어들었다는 말과 같다. 당신을 포함한 당신의 마음들에는 그 어떠한 것도 들어갈 수 없다. 나조차도 들어갈 공간 없이 빼곡하게 차 있다. 그 공간은 무언가 나오면 들어갈 수 없다.

나는 더 이상 당신의 그 빼곡한 공간에
나를 들여보낼 마음이 없다.

바빠도, 맘이 넉넉하지 않아도 사랑이 들어오질 못할 만큼, 사랑을 하지 않을 만큼 빼곡한 마음들을 채우는 사람은 드물다. 그리고 휴대폰을 볼 시간조차 없이 바빠 보니 알겠다. 바쁘다는 말은 핑계라는 것을. 바쁠 때 사랑해보니 알겠다. 바빠도 물은 마시고, 밥 먹고 화장실은 간다는 것을.

바쁜 사람을 사랑하지 않기로 하자.

수백 번을 상상했지만 네가 없는

내 세상은 오히려 좋았다.

벨소리

하루는 어느 지나가는 사람의 벨소리로 당신이 가장 즐겨 듣던 노래를 들은 적이 있습니다. 듣는 순간 첫 음부터 알 수 있었습니다. 그 가수의 그 노래, 정확하게 가사까지 들렸습니다. 순식간에 지배당했습니다. 지나가다 들은 노래 한마디에 당신이 하던 말이 아직도 생각납니다.

"넌 나 없이도 지낼 수 있으니까 날 떠나는 거야, 근데 난 그럴 수가 없는데 어떻게 해야 해."

그때는 그 말이 떠나는 내가 미워서 하는 말인 줄 알았습니다. 이제 와 다시 생각해보니 더 사랑하고 싶다는 말이었습니다. 더 사랑할 수 있게 해달라는 말이었습니다. 그걸 나는 한참이 지난 지금에야 알아차렸습니다.

그럼에도 다행인 건 당신은 나에게 좋아하는 수많은 노래를 알려주었고 나는 알려주지 않았다는 것입니다. 염치없게도 그게 참 다행입니다.

그 겨울 무렵

그 겨울, 그 무렵의 우리는 한겨울에 한여름을 떠올릴 정도로 뜨거웠던 순간들이 있다. 그 순간을 늘 함께한 사람이 있다. 기절할 때까지 술을 마시기도 하고, 기깔 나게 놀이공원에서 놀기도 하고, 만난 순간마다 짜릿했고 재미있던 사람이 있다.

삶이 나태해질 때쯤 그 무렵의 우리를 꺼내본다. 아주 슬쩍 꺼내보아도 웃음만 나는 그 무렵과 그 속에 함께한 당신, 새로운 걸 즐기기 시작한 것도 그때부터인 것 같다. 새로운 것을 항상 재미있게 즐겼던 우리이기에.

이별하는 순간에도 나의 밤을 걱정하는 당신이 선물해준 드림캐처가 내 방에서 한결같이 빛을 내고 있어요.

그 무렵에 함께할 수 있어서 행복했고 고마웠어요.

p.s 헤어진 누군가가 그리운 것과 그때로 되돌아가고 싶은 것은 지금도

사랑해서가 아니라 그 무렵의 서로를 이제는 볼 수 없기 때문입니다.

우연이었지만

뜻밖이었지만

찾은 그 사랑

망설이지 말고 꽉 잡기

그런 사람

만나러 가는 길에 피지 않은 꽃들이 인사를 해주고 만나서는 표현할 수 없을 만큼 애틋하고 만나는 순간부터 헤어지는 순간까지 대화가 끊기지 않는 사람, 뭐가 그리도 하고 싶은 말이 많은지 온종일 재잘거리게 되는 사람, 헤어지자마자 또 보고 싶은 사람.

당신은 내게 그런 사람입니다.

눈만 마주쳐도 재미있고 같이 있는 것에, 함께하는 것에 의미를 두게 되는 우리가 되었네요. 오래 만나자, 예쁘게 사랑하자, 이런 말은 하지 않을게요.

단, 우리는 우리답게 사랑했으면 좋겠습니다. 그렇게 사랑합시다.

겨울 한 폭

겨울은 그런 설렘이 있다. 여름과는 다르게 겨울의 바람이 불어온다. 그 바람이 코로 들어와 심장에 닿았을 때 그 설렘은 시작된다.

하늘에서 내리는 하얀 것이 아름답고, 추워도 거리에서 부는 바람들이 좋아진다. 거리가 들떠있는 것인지 내가 들떠있는 것인지 단정 짓기 어렵지만 다 행복하고 너무 행복하다. 마음속으로 '정말 겨울이네'를 계속 반복하면서 점점 행복에 빠지게 된다. 나뭇잎이 다 떨어진 나무를 위로해보고 가벼워졌으니 마음껏 즐기자, 라는 응원을 건네본다.

다가온 겨울이 불안하지 않았으면 좋겠다. 춥지만 포근했으면 좋겠다. 고민이 있다면, 나무에 달려있는 나뭇잎이 겨울에는 모두 떨어져 나가듯 우리도 잠시 고민을 내려놓고 겨울을 즐겨보았으면 좋겠다.

겨울은 사랑하는 사람과 순간순간을 느꼈으면.

하고 싶은 사랑

우리 사랑하는 것만으로도 벅찬 사랑을 해요.

마음이 너무 커서 이런 마음을 어떻게 해야 할지 모를 정도로 사랑해요. 다시는 오지 않을 순간이라며 내일이 없는 듯 사랑해요. 매번 사랑을 적어 내려가는 것 같지만 정말 이 글은 당신만을 위한 글이에요.

우리 사랑하는 것만으로도 벅찬 사랑을 해요.

하루가 멀다 하고 생각나는 당신이 계속 행복했으면 좋겠어요. 나로 인해 겨울을 포근히 보냈으면 좋겠고요. 나는 이미 겨울바람이 따듯할 정도로 행복해요. 그런 사랑을 저는 당신과 하고 싶어요.

날이 좋아서

겨울이 좋아지기 시작한 건
당신이 겨울을 좋아해서였다.

단순한 이유로 시작해 패나 진심이 되어버린 지금, 겨울
의 포근함이 참 좋다. 찬바람을 가득 안고 집에 들어오
면 따뜻한 공기들이 나를 감싸 안아준다. 찬바람이 가득
하지만 예쁘게 빛나는 거리 불빛들이 마음에게 따뜻함을
안겨준다. 그렇게 하나둘 겨울이 좋아지기 시작하더니
겨울이 좋고 겨울을 좋아하는 당신이 좋아졌다.

날이 좋아서 사랑에 빠졌다.
겨울과 함께 찾아온 당신을 말이다.

나의 찐빵

우리 사랑에 대하여 끄적이려다 보니 당신 생각을 하느라, 함께한 우리를 상상하느라 시간이 훌쩍 지나버렸습니다. 그렇게 나는 매일 당신을 끄적이려다 훌쩍 지난 시간에 놀라 급히 잠을 청합니다. 당신을 떠올리는 건 한정이 없어서 자꾸 떠올려도 부족한가 봅니다. 사실 꿈에 당신이 나왔으면 해서 자기 전까지 당신을 떠올리다 잠이 듭니다.

내 삶은 당신이 너무 가득합니다.

어쩌면 점점 그게 전부가 되어가고 있는지도 모르겠습니다. 그래서 지금 마음에 집중합니다. 순간에 머무는 마음에 집중하기로 합니다. 계속 사랑할 텐데, 너무 사랑하다 보면 걱정이 따라올 텐데 그러지 말고 그냥 지금 온 마음을 다해 사랑하기로 마음먹었습니다.

오늘을 가장 사랑합니다.
오늘보다 내일을 더 사랑하고요.

사랑하다 보면 마음이 너무 커져 두려움이 생길 때가 있습니다. 사랑하다 보면 감당할 수 있을까, 라는 의문이 들 때가 있습니다. 그때마다 항상 기억해주세요.

오늘 사랑에, 지금 마음에 최선을 다하자.

우리가 포옹했던 순간들

몇 마디의 말보다 잠깐의 행동이 맘을 안아줄 수 있다고 생각한다. 기쁠 때나 슬플 때나 울고 싶을 때 다양한 순간에 포옹을 할 수 있다. 그 매력이 좋아서 나는 포옹을 자주한다. 인사하듯이 포옹을 하고, 위로를 어떻게 해야 할지 모를 때 찾고 찾은 몇 문장보다 포옹 한 번을 하며 나의 진심을 전한다.

너무 사랑할 때도 벅차오르는 마음을 다잡고 사랑한다는 말과 함께 진한 포옹을 하기도 한다. 그리고 난 나의 곁에 머물러주는 소중한 사람들에게 이런 말을 툭툭 내뱉는다. 내가 너무 힘들어 보일 때 내가 힘들다고 말할 때 포옹 한 번만 해달라고.

과학적으로 포옹은 스트레스에 대한 반응성을 떨어트린

다고 한다. 안정감을 준다는 말과 조금 비슷한 뜻일지도 모르겠다. 소란스러운 세상 속에 수많은 말보다 한 번의 행동이 큰 의미가 될 수 있다.

사랑하는 사람에게 오늘 아무 말 하지 않고 포옹을 해보는 건 어떨까요. 오늘을 시작으로 자주 하면 더 좋고요.

어떠세요?

처음 마주한 그는 저 멀리서부터 온기를 가득 품고 있는 사람 같다는 느낌이 들었다. 대화할수록 그 온기는 추측에서 확신이 되었다. 그 온기는 처음 보는 온기였다. 뜨거울까 겁나지 않고 차가울까 걱정되지도 않는. 정말 딱 그 중간의 온기였고, 오가는 대화들에는 공통점이 많았다. 커피 향을 즐기지만 커피를 마시지 않고, 춥지만 얼음이 가득한 음료를 즐기고 찬 공기를 마시면서 사색하는 것을 좋아한다. 약속은 이 주 전부터 잡는 것을 선호하는 것까지. 이렇게 비슷할 수 있는 건가, 단순한 배려일까, 하는 의문이 들었지만 대화하다 보니 우린 말투도, 사용하는 어휘도, 생각하는 것들도, 보는 관점도 크게 다르지 않았다는 점에서 결이 비슷하다는 생각이 들었다.

"저와 결이 비슷하네요. 처음 봐요"

"우린 같은 결일 수는 없겠지만, 같아질 수 있을 것 같은 결인 것 같아요."

"좋네요. 결이 같아질 수 있다는 말."

조금 이르지만 저와 사랑을 해보시는 건 어떠세요.

황홀했던 사랑

여름에 만나
가을을 알아가고
겨울의 시작을 함께한 당신에게.

우리가 비록 겨울의 끝을, 봄을, 다시 여름을 마주하진 못했지만, 그간 함께한 시간들로 앞으로 살아갈 수 있을 것 같아요. 저는 그럴 것 같아요. 당신은 어떤지 모르겠어요.

우리, 길다면 길고 짧다면 짧은 순간들을 함께했네요. 그 시간들이 있었기에 지금까지 올 수 있었어요. 한겨울 따스했던 꿈이었다고 할 수 있겠어요. 추웠지만 입김이 나오지 않을 만큼 마음이 참 따듯했던 시간들이었어요. 반짝거리는 연말을, 은은한 새해를 함께할 수 있다면 더 좋았을 것 같네요. 당신과 함께한 날들은 설레던 날의 연속

이어서 그 여운이 아직도 이어져요. 나의 삶 속 어느 한
켠의 여름, 가을, 어느 한 폭의 겨울을 함께해줘서 고마웠
습니다. 당신의 배려는 참 따스했습니다. 바람이 많이 부
는 겨울 바다를 보고 당신을 떠올릴 만큼, 딱 그만큼.

우리 이제 잠에서 깨어나요.
너무 오랫동안 잠들어있었어요.
황홀했던 꿈을 두고 돌아가요.

우리가 아는 사실의 행복

겨울 다음 봄이 온다는 사실을 알고 계십니까. 겨울에서 봄이 넘어가는 사이에 모든 것이 사랑스럽다는 사실을 아십니까. 찬 공기가 온몸을 가득 채우다 못해 넘칠 만큼 머금고 있다가 따스워지는 날씨에 찬 공기들 사이로 서서히 따스한 공기가 채워지면 마음이 그리도 벅찬 것을 아십니까. 모르신다면 올겨울이 지나거든 꼭 느껴보셨으면 합니다.

그 마음은 내 마음이지만 내가 봐도 참 예쁜 것들로 가득차 있습니다. 그렇게 사랑스러운 내 맘을 보고 다시 사랑에 빠지셨으면 합니다. 어떤 일에도 겨울 다음은 봄이 옵니다. 우리 이제 다가오는 봄을 온전히 느껴봐요.

애초에 추운 겨울이 지나 따스한 봄이 온다는 사실을 알고 있는 것만으로도 우린 행복할 수 있던 것일지 모릅니다. 마치 불행 다음은 행복이라는 것을 알고 있는 것처럼 말이죠.

이러한 사실만 알고 있어도 우린 행복할 수도 있겠습니다.

당신이 행복하기를
내가 바라고
계절이 도와주고
당신이 믿어요.

삶에서 스치는 수많은 문장에

행복을 담아 전하고 싶은 날이

종종 찾아오곤 합니다.

그런 날이면 저는 당신에게 편지를 써요.

결국 사랑한다는 말로 가득 채우긴 하지만요.

아이의 사랑

길을 걷다 마주한 아이가 있었다. 본인의 외투를 펼쳐 식물에게 거세게 오는 바람을 막아주던 아이를 보았다. 아이는 어른의 손짓에 다시 외투를 여몄지만 내 시선이 느껴졌는지 나에게 말을 건네왔다.

"식물이 추워서 죽은 거예요?"

아이의 물음에 나는 식물을 보았고 식물은 노랗게 변해 있었다. 아이에게 나도 말을 건넸다.

"추웠지만 네가 바람을 막아줘서 따듯하게 눈을 감았을 거야."

사실 그 아이를 멍하니 바라보다 이런 생각을 했다. 처음

보는 아이였지만 그 아이의 마음을 닮고 싶었다. 그리고 물어보고 싶었다. 어떤 마음에서 바람을 막아주었는지 말이다.

길에서 마주한 아이의 사랑은 순수하고도 참 맑았고 오묘한 흰색 빛을 뿜어내고 있었다. 그 사랑을 보고 있자니 나의 지난날과 오늘날의 사랑들이 보였다.

그 아이의 사랑은 우연히 마주했지만 무척이나 아름다운 빛을 뿜어내고 있었다.

떼 아모

'떼 아모'는 '사랑해'란 뜻의 스페인어에요. 정확히 직역하면 '널 사랑해'란 뜻이기도 해요. 스페인어를 배우기 시작한 건 당신이 스페인어를 할 줄 알기 때문이었습니다. 내가 스페인어로 사랑을 말하기 시작한 건 널 사랑하기 때문이었습니다. 우리 말로도 전하다 못해 세계로 뻗어 나가는 내 사랑이 난 가끔 무섭습니다.

널 위해,
우리를 위해 무엇까지 할 수 있는지 말이에요.

근데 있잖아요, 되게 되게 사랑해요. 여행 가려고 스페인어를 배운다고 둘러댔는데 사실은 스페인어를 할 줄 아는 당신한테 하고 싶은 말이 있어 배운 거였어요. 그 이유 말곤 딱히 없었어요.

Te amo con todo mi corazón.

내 온 마음을 다해 너를 사랑해.

결국엔 또 당신

자다 깬 새벽 시간은 평소의 시간보다 느리게 흘러갔다. 10분이 지난 줄 알았는데 아직 3분밖에 지나지 않았고, 1시간이 지난 줄 알았는데 고작 20분이 지나있었다. 마치 누가 마법을 부린 듯이 새벽 시간은 낮의 시간보다 느리게 흘러갔다.

천천히 흘러가는 새벽 시간 속에
사랑하는 당신을 천천히 떠올렸다.

지금쯤 곤히 자고 있겠지. 코를 곤다고 그랬는데 코를 골면서 자고 있을까, 어떤 자세로 자고 있을까. 잠든 모습마저 귀여울까. 끔찍하다는 말은 부정적일 때 사용하곤 하지만 난 그걸 귀엽다는 말 앞에 붙이고 싶다. 공존하면 안 될 것 같은 것들이 공존할 때 만큼의 귀여움을 당신이 가지고 있어서요.

자다 깬 새벽에 시간이 느리게 가는 게 이상해서 써내려
가기 시작한 글 끝에는 여느 때와 다름없이 당신이 껴있
네요.

결국엔 또 당신 이야기뿐이네요.
계속해 나를 차지하고 있어요.

이별도 결국 사랑

반짝이는 별을 보며 빌었다. 네가 행복하기를 그리고 내
가 행복하기를 그리고 네가 아프지 않기를, 나 또한 아프
지 않기를.

당신은 알아차렸나요, 한때 내게는 나보다 당신이 우선
이었던 날이 있었다는 것을요. 꽤 한참이나 당신이 우선
이었다는 것을요. 당신과 데이트를 하고 집에 돌아가는
길은 매번 밤이었어요. 매번 더 함께 있고 싶은 욕심에 우
린 놀 수 있는 시간을 다해서 시간을 보냈었죠. 집에 돌아
가는 길은 지금처럼 어둡고 별이 보였어요. 마치 수많은
별이 우리 사랑을 주위로 반짝이는 것처럼 느껴졌죠. 저
는 지금도 당신이 행복하기를 원하고 아프지 않기를 원
해요. 물론 그래도 되는지 모르겠지만요. 그래도 이제는
반짝이는 별을 보며 이렇게 빌어요.

내가 행복하기를, 네가 행복하기를.

내가 아프지 않기를, 네가 아프지 않기를.

문단의 앞뒤가 바뀌었을 뿐인데. 우선순위가 바뀐다는 말이 조금은 웃기지만 그래도 바뀌었어요. 나 이제는 내가 제일 행복하기를 빌어요.

근데 결국 이별도 사랑인가 봐요.

헤어졌지만 당신의 행복과 건강을 빌고 있는 것을 보니 이별도 결국 사랑이네요.

그런 날_2

마음이 무거운 날이면 하늘을 보고 걷습니다. 바닥을 보고 걸으면 무거운 맘이 더욱 무거워질까 봐요. 그러다 마음이 정말 땅으로 꺼져버릴까 봐요. 마음이 조금 더 무거워져 결국 내가 무너져버릴 것 같을 땐 한참 하늘만 바라보고 걷습니다. 그렇게 걷다 보면 신기하게도 무거운 마음이 조금씩 가벼워지곤 해요. 거짓말처럼 가벼워진 마음은 하루, 이틀, 앞으로를 살아갈 힘을 주기도 하고요.

우리 힘들 때 바닥 말고 하늘을 보고 걸어요. 그게 당신의 힘듦을 모두 덜어줄 순 없지만 잠깐이나마 숨통은 트이게 할 순 있지 않을까 하는 마음을 담아 건네봅니다.

하늘을 보고 걸어요.
계속 걷다 보면

그 앞에 제가 서서 당신을 안아줄게요.

오늘도 사느라 고생 많았어요.

바람이 심장에 닿았을 때

추운 날이라 그런지 자꾸만 이 문장이 맴돈다. 그러다 못해 하루를 차지하고 자꾸만 중얼거린다. '찬바람이 나에게 닿을 때', '바람이 심장에 닿을 때' 이렇게 비슷한 말들을 반복한다.

그러던 중 스친 한 사람이 있었다. 온종일 주절거리게 되고 그런데도 질리지 않았던 그런 사람이 떠올랐다. 그 사람을 사랑하고 있다는 것을 깨닫게 된 날 그 사람 주위에서 많은 것들을 주절거렸다. 오랫동안 지속되었고, 갈수록 그가 나의 심장, 머리에 가득 스며들었다. 그 사람과 했던 이별은 찬바람이 심장에 닿는 것과 비슷한 느낌이었다. 부정했지만 결국 그 이별은 차가웠던 것이다. 닿지 않을 것 같던 마음들은 결국 닿았고 그렇게 차갑게 식어갔다.

찬바람이 심장에 닿을 때

지나온 것들이 떠오르고, 가슴 시린 이별의 순간들이 떠오른다. 겨울은 차갑고 무섭다. 얼음을 깨트리면 얼음조각이 되는 것처럼 순간 무기가 되기도 한다.

이별이란 건 마치 찬바람이 심장에 닿는 것과 비슷하다.

겨울 끝자락에서

봄이 오고 있나 봅니다. 밤바람이 그리 차갑지 않은 것을 보니까요. 겨울바람 사이에 조용히 박혀있는 봄이 마음에 닿았어요. 어쩌면 겨울은 모든 계절의 끝이 아니라 시작이 아닐까 생각이 들었어요. 봄, 여름, 가을을 전부 담아내느라 그리도 차가운 온도를 가지고 있는 것처럼 보였어요. 전부를 담아내야 하는 운명을 거스르기보다는 받아들인 것처럼 보였어요. 우리가 태어났기에 살고 있는 것처럼요. 그날 밤 산책하다 마주한 겨울은 그랬어요.

모든 걸 담아내느라 고생한 겨울에게 제가 가진 사랑을 주고 싶어졌어요.

난 너의 차가운 바람을 좋아해.
난 너의 차가운 온도를 좋아해.

네 덕분에 내리는 눈도,

네 덕분에 즐기는 겨울도

감정을 포함한 모든 것들을 다 좋아해.

네가 보낸 바람이 꼭 차갑지만은 않더라.

그 바람이 따뜻한 날도 있고,

엄청 위로가 되던 날도 있어.

겨울아,

겨울이라서 고마워.

다시, 봄

당신에게 보내는 편지들

어느 날, 어느 당신에게

보내는 편지가 담겨있습니다.

아마 어느 날이 당신의 생일일 수도 있겠어요.

하나.

안녕, 당신. 구름 한 점 없이 맑은 하늘 아래에 누워 당신에게 이렇게 말하고 싶어요. 저 하늘 끝까지 전부를 다해 사랑한다고. 구름이 가득한 하늘도 결국 구름이 걷히고 나면 예쁜 하늘색을 보여주듯이 우리 사랑에도 스쳐가는 구름이 많아도 변함없을 거라는 뜻이에요. 이 말을 들은 당신이 부끄러워할 것을 생각하니 너무 귀엽네요. 보고 싶어요. 오늘도 사랑해요. 내 하늘.

1월 15일

둘.

안녕, 당신. 한없는 사랑을 줘서 너무 고마워요. 계속 곁에 있어줘서 고마워요. 당신의 한마디가 나에게 매번 근사한 하루를 선물해줘요. 나는 보기 편한 내 글이, 당신에겐 그렇지 않은 뒤죽박죽의 글일 텐데도 당신은 당신만의 해석과 나의 의도를 합쳐 더 예쁜 말들을 꾸려줘요. 나, 갈수록 욕심이 생기는 거 알아요? 내가 글을 계속 쓰는 날까지 어쩌면 그 너머까지도 당신과 함께했으면 좋겠다는 욕심이 생겨요. 나를 아무런 대가 없이 사랑해주고 있잖아요. 저는 그게 너무 좋아요. 그게 너무 고마워요.

1월 26일

셋.

안녕, 당신. 나는 당신 이름을 보면 아직도 멈칫합니다.
당신과 같은 이름이 아닌 걸 알면서도 비슷한 이름들을
보면 그게 당신 이름이고 당신이기를 바라는 마음에서
자꾸 멈칫하곤 합니다. 근데 이제는 그만해야겠습니다.
비슷한 이름들을 보면 멈칫하는 것도 서서 당신이기를
바라는 생각도요. 당신을 떠올리면서 그때를 그리워하는
것도 전부 그만할 것입니다. 지금 이 순간이 지나면요.

2월 6일

넷.

안녕, 당신. 어느덧 편지를 쓰기 시작한 지도 반년이 되어가요. 지금은 겨울이고, 오늘은 바람도 많이 불어서 추워요. 버릇처럼 찬 공기를 마시던 당신은 감기에 걸려 훌쩍거리고 있을 것 같네요. 물어보고 싶은 것들이 한가득인데 하나도 물어볼 수 없는 사이가 되었네요. 같은 하늘 아래 있어도 보지 못하고요. 근데 그거 하나는 알아줄래요? 당신은 매번 내 손이 따듯하다고 했잖아요. 매번 내 손이 따듯했던 건 당신을 위해서 손을 덥혀두었기 때문이란 걸.

2월 18일

다섯.

안녕, 당신. 당신은 꽃을 참 좋아했었죠. 제가 사람을 만
나러 갈 때마다 꽃을 사는 습관이 생긴 건 당신 덕분이죠.
지금 생각해보니 우리의 사랑은 꽃과 함께했네요. 어딜
가든 꽃이 끊이질 않았으니까요. 꽃보다 더 꽃 같은 당신
이 곁에 머물러주었네요. 그때만큼 꽃을 사는 게 즐거웠
던 날은 아직 없어요. 그때만큼 자주 꽃집을 가지도 않고
떠올리지도 않아요. 꽃을 떠올리다 보면 당신이 떠오르
기 마련이라 꽃을 자주 떠올리지 않는가 봐요. 꽃이 가득
해지는 계절이 오면 자연스레 당신 생각을 하며 보내거
든요. 예쁜 꽃을 보여줘서 고마웠어요. 근데 최근 누군가
에게 예쁜 꽃이 되어주고 싶어졌습니다. 봄이 오고 있는
지금, 날도 제법 따듯해요. 그에게 꽃이 되어보려 합니다.

3월 3일

여섯.

안녕, 당신. 주말이 기다려지는 건 사랑을 하고 있기 때문
일까요. 당신과 함께하고 싶은 것들을 찾아 헤맵니다. 당
신이 무엇을 좋아하고 싫어하는지 파악해 그것들을 교차
하며 확인해봅니다. 제가 밖을 좋아하는 건 당신과 함께
이기 때문입니다. 당신과 손잡고 걷는 거리에 꽃이 활짝
피어올라 우리를 맞이해줍니다. 그 길은 혼자 걸어도 꽃
들이 인사를 해줍니다. 맘속에 당신이 있기 때문이 아닐
까요? 고작 이런 이유로 당신을 사랑하냐고 물었죠? 네.
저는 고작 이런 이유로 당신을 사랑합니다. 고작 그런 것
들이 모이면 얼마나 거대해지는지 보여줄게요. 사랑해
요.

3월 14일

일곱.

안녕, 당신. 나를 빤히 쳐다보는 당신을 보고 있자니 괜히 웃음이 삐져나오는 지금입니다. 그렇게 당신은 나를, 나는 당신을 서로를 빤히 보고 있다 보면 당신은 슬며시 눈을 깜빡여요. 잠이 오는지 나를 보다가 잠이 들기도 하고요. 어떻게 그리도 귀엽습니까? 귀여운 표정을 하고서 나를 바라보는데 당신 눈에도 내가 귀여웠으면 좋겠다는 생각이 들었습니다. 잘 자요. 내 몫까지 전부 자는 당신을 바라보며 하루를 다 보낼 것 같아요. 아무 생각도 안 들고 잔잔하거든요. 당신 숨소리에 작은 움직임까지 전부 예쁘거든요. 내가 어디 갔을까 봐 슬며시 떠보는 눈도 너무 귀여워요. 예민한지 작은 소리에도 깨는 게 조금 미안하지만 깨우고 싶을 만큼 사랑스러워요.

4월 10일

여덟.

안녕, 당신. 우리 맨날 티격태격해도 그냥 같이 살자. 우리 그냥 같이 살까? 매번 집에 보내는 게 너무 아쉬워요. 긴긴밤도 짧은 밤도 함께하면 안 돼요? 잠이 오지 않는 새벽에는 정처 없는 말들을 내뱉으며 맥주 한 캔에 모든 걸 보내버리고 너무 힘이 들었던 날에는 아무 말도 하지 않은 채 껴안고 몇 분이고 가만히 있다가 나아질 때쯤 밥을 챙겨 먹어요. 주말에는 서로 먼저 일어나라며 티격태격하다 비치는 햇살에 눈을 가리고 다시 잠에 들어요. 그냥 그렇게 살면 안 돼요? 티격태격해도 함께하는 게 더 좋아요. 그러니까 나랑 결혼해요.

4월 20일

아홉.

안녕, 당신. 애정하는 당신아. 당신에게 인사를 건넸을 뿐인데 왜 울컥해버리는 걸까요. 당신을 너무 애정해서 그런 걸까요. 당신은 안녕을 보자마자 피식 웃었겠죠? 매번 내가 보내는 편지에 시작이라 그게 웃음을 짓게 한다고 말해준 적 있었잖아요. 고작 조금을 적고 다시 읊어요. 안녕, 애정하는 당신아. 당신을 저 아홉 글자에 전부를 담을 수 없지만요. 이 편지는 뭔가 당신을 부르다 끝날 것 같아요. 그냥 오늘따라 괜히 애틋해서요. 전부 그냥 애정하는 당신, 오늘도 참 애정합니다. 어떤 긴말보다 그저 애정하는 당신이라는 말로 당신에 대한 마음을 꾹꾹 눌러 담아요. 가장 사랑해요.

5월 7일

열.

안녕, 당신. 오늘은 날이 참 좋아요. 날이 좋다는 핑계로 당신을 찾아갈 만큼이나 좋습니다. 날이 좋다는 핑계로 행복을 외칠 수 있을 만큼이나 날이 좋고요. 당신이 유학 가던 그날, 덤덤하게 보내주고 싶었는데 마지막 인사를 건네는 순간에 펑펑 울어버렸고, 그러고선 애써 안 운 척을 하며 이런 말을 했었죠. "날이 좋은 날 찾아갈게, 그때 다시 만나자. 그때까지 아프지 말기." 그날이 오늘인 것 같아요. 공항에 와버렸거든요. 정말 다른 이유 없이 단지 날이 좋아서요.

5월 15일

열하나.

안녕, 당신. 꽃내음이 가득했던 봄날과 빛이 따가웠던 여름날, 선선한 바람이 스며드는 가을날, 하늘에서 예쁜 것들이 내리는 겨울날 그리고 다시 당신과 함께 마주했던 봄날까지 전부를 사랑했습니다. 그렇게 16개월을 열심히 그리고 예쁘게 사랑했습니다. 봄에는 꽃향기를 따라 여행을 다녔고, 여름에는 쨍쨍한 햇볕보다 더 뜨겁게 사랑하고, 가을에는 낙엽을 밟으며 음악을 만들어 불렀고, 온세상이 하얗게 물드는 겨울에는 하얀 세상만큼이나 하얀 마음들을 가지고 나누던 사랑을 세상에 함께 나누어주었어요. 그렇게 다시 올 봄을 기대하고 함께한 날들을 그리고 16개월의 많은 계절에 많은 사랑을 했네요. 당신과 함께한 사계절은 어느 순간 나의 사계절이 되었습니다.

6월 18일

열둘.

안녕, 당신. 실없는 내용들로 웃음을, 때로는 위로를 주고 싶어 글을 쓰는지도 모르겠습니다. 의도가 없는 글이라며 적어 내려가지만 의도 가득한 글이 되어갑니다. 저는 당신이 행복했으면 좋겠습니다. 물론 저도 함께요. 그래서 의도가 없다고 말하면서 의도가 가득한 글을 쓰는가 봅니다. 의도가 없다고 말하면 읽는 데 부담이 덜어질까 싶어서요. 저는 오늘도 당신이 행복하기를 바라는 마음에서 의도가 가득한 글을 쓰고 의도가 없다고 말합니다. 당신의 오늘은 어땠습니까. 나는 매일 당신의 하루가 너무 궁금합니다. 그만큼 소중하다는 뜻이기도 하고요. 있잖아, 당신. 너무 사랑해.

6월 30일

열셋.

안녕, 당신. 지금은 17시 19분입니다. 당신의 생일과 비슷한 숫자를 보고 괜히 또 당신을 생각합니다. 너무 사랑한다는 건 그런 것 같습니다. 하루를 당신 생각하느라 이제는 그만 생각해야겠다며 다짐해도 당신과 관련된 것들을 보면 결국 또 당신 생각을 하게 되는 것, 주위에 있는 것들을 핑계로 당신을 생각하는 것. 너무나도 사랑한다는 건 이런 것 같습니다. 저는 요즘 하루가 어떻게 가는지 모르겠습니다. 당신 생각을 하다 보니 하루가 지났고 당신과 전화하다 보니 잠에 들었고 그렇게 당신 꿈을 꾸다 보면 어느새 아침을 마주합니다. 마주한 아침엔 생각의 시작을 알리듯이 또 당신 생각이 피어오릅니다. 그렇게 점점 더 사랑에 빠지는 거겠죠.

7월 9일

열넷.

안녕, 당신. 당신은 내 글을 읽고 이런 말을 해주었어요. "당신 글은 언제나 마음을 따뜻하게 해주어요. 당신 말에선 뭐랄까 여러 마음이 잘 조화되어있는 느낌이에요. 약간 밝은 거 같으면서도 묘하게 센치하고 또 공허하면서 우울하기도 해요. 단, 우울 속으로 끌어당기는 말들이 아닌, 그런 지친 마음을 토닥여주는 글이에요"라고요. 당신이 보내는 말들에 한참 정신을 놓았고 눈물도 조금 흘렸습니다. 그동안의 글에 대한 고민도 싹 사라지게 해주었고요. 너무 감사합니다. 다시금 맘을 다잡게 해주셔서요. 제가 글을 쓰기 시작했던 처음을 떠올리게 해주셔서요. 책 한 페이지를 빌린다고 감사함을 전부를 전할 수는 없지만 감사합니다.

7월 24일

열다섯.

안녕, 당신. 책을 완성해서 더 이상 쓸 이야기가 없을 줄 알았는데 당신에게 편지를 쓰고 있어요. 당신은 내가 글을 쓰는 데 있어 자부심이에요. 이 사실을 당신은 알 리가 없겠죠? 내가 마음속에 꼭꼭 숨겨놓은 진심이라서 알 수가 없었겠죠. 가을 무렵에 이 편지가 전해질 때까지도 당신은 나를 그리고 나의 글들을 사랑하고 있을지 궁금하네요. 되도록 오래 사랑해줬으면 해요. 오랫동안 나에게 다정했으면 좋겠어요. 다정한 당신이 나의 자부심이 되기까지 우리에게 긴 시간이 필요하지 않았다는 것, 그게 운명이란 단어를 읊을 수 있는 근거이지 않을까 싶어요. 매일 아침과 저녁을 앞으로도 함께 나눠요. 그 사이 어딘가 달콤한 숨이 생겼으면 좋겠어.

9월 10일

열여섯.

안녕, 당신. 매번 애틋한 말들로 나를 응원해주는 당신에게 오로지 당신을 위한 글을 끄적여봅니다. 안녕, 내 당신아. 편지의 순서는 인사부터라고 어렸을 때 배운 게 지금은 습관처럼 남아있어요. 어른이 되어서도 말이죠.

당신과 처음 마주한 날은 날이 참 화창했는데 눈이 내리는 것 같았어요. 말이 안 되는 말이죠. 당신은 내게 말이 안 되는 사람이에요. 당신을 마주한 뒤로 신기한 경험들을 자주 했어요. 너무 좋아서 눈물이 난다거나 보고 싶어서 심장이 아프거나 보고 있는데도 보고 싶다거나. 그렇게 신기한 경험들을 참 많이 했던 것 같아요. 물론 지금도 계속하고 있고요.

평일에 당신을 갑자기 찾아간 날 기억해요? 보고 싶어서

왔다고 말을 하니 함박웃음 짓던 당신이 슬며시 떠오르
네요. 그 웃음이 참 예뻤거든요. 저는 앞으로도 당신에게
서프라이즈를 할 거예요! 그 예쁜 웃음을 자주 보고 싶어
서요.

9월 12일

열일곱.

안녕, 당신. 하고 싶은 말이 너무 많아서 급하게 적어요. 당신 덕분에 봄을 일찍 마주했어요. 그 봄 사이로 무척 설레는 요즘을 보내고 있어요. 덕분에요. 당신이 나에게 나타난 순간부터, 아른거리기 시작한 순간부터, 당신에게 스며들기 시작한 그 순간부터 이미 저는 봄을 마주했어요. 고마워요. 조금 이른 봄을 마주할 수 있게 해줘서요. 봄을 준 당신에게 나도 봄을 주고 싶어 이렇게 급하게 적고 있어요. 왜 급한지는 모르겠어요. 너무 사랑한다는 말로 한 페이지를 채워도 부족한 이 맘을 적는데 급하게 적어야 할 것 같아요. 요즘 당신의 하루는 어떤가요? 잔잔한 질문이기도 하고 또 제가 가장 좋아하는 질문이기도 해요. 잔잔하지만 저 질문은 소중한 사이에서 할 수 있는 질문이라고 생각하거든요. 결국 앞뒤 없이 사랑을 말하고 질문을 하고 있네요.

너무도 사랑하나 봐. 오늘은 어땠어? 근데 있잖아, 우주
만큼 사랑해.

널 알게 된 순간부터

난 널 사랑할 거라 확신했어.

꿀같이 달콤한 너를 말이야.

p.s honey

10월 6일

열여덟.

안녕, 당신. 오늘도 저를 읽어주셔서 감사합니다. 저는 오늘도 여전히 누군가를 위한 글이 아닌 누군가에 의한 글이 아닌 제가 가득한 글을 끄적이고 있습니다. 저도 참 여전하지만 그렇게 저를 읽어주시는 당신도 여전하시더라고요. 여전히 맘에는 진주가 가득하고, 표정엔 미묘한 햇빛이 자리 잡고 있어요. 너무 감사하면서도 죄송한 말이지만 앞으로도 제 글은 계속 저를 기준으로 돌아갈 것 같아요. 오늘도 저는 제가 가득한 글을 끄적입니다. 저를 읽어주시는 당신이 늘 행복하기를 바라면서요. 읽어주셔서 감사합니다.

11월 19일

열아홉.

안녕, 당신. 어느덧 우리가 마주했던 올해가 끝나가네요. 올해를 돌아보니 당신과 참 함께한 날들이 많았네요. 함께한 날 중 다툰 날도, 울던 날도 있고 기쁜 날, 행복한 날도 있었어요. 그 순간들에는 서로의 웃음으로 가득 차 있고요. 우리 올해 되게 열심히 사랑했네요. 당신이 그랬죠? 우리는 서로를 마주하고 많이 바뀌었다고. 그땐 그 말이 잘 이해되지 않았는데 지금은 무슨 말인지 알겠어요. 당신은 조금 더 솔직해졌고 귀여워졌어요. 나는 감정을 조금 더 자세하게 구현할 수 있게 되었고요. 그리고 조금 더 깊은 사랑에 대해 배웠다고 할 수 있을까요.

너무 사랑해요. 올해를 열심히 사랑했으니 내년도 열심히 사랑해봐요. 내년도 우리의 책을 써 내려가요. 그렇게 매년 한 권의 책을 펴내요.

우리는 몇 권의 책이 될까요?

너무 기대돼요. 사랑해요.

스물.

안녕, 당신. 되게 좋은 인연이야, 당신은. 되게 좋은 인연
입니다. 당신은, 또 우리는 말이죠. 사랑으로만 겨울날에
봄을 느낄 수 있다고 생각했는데 그게 아니었습니다. 우
정이라는 관계, 우리라는 관계에서도 겨울에 봄을 느낄
수 있다는 사실을 깨달았습니다. 저는 지금 되게 기분이
좋아요. 또 행복하고 조금은 설렙니다. 겨울에 봄을 느낀
다는 것은 그런 것 같아요. 어릴 때 소풍 가기 전날 소풍
갈 생각에 너무 기대돼 잠 못 이루던 밤, 그런 날과 비슷
한 느낌이에요. 이토록 좋은 인연이 되어주셔서 감사합
니다.

12월 25일

스물하나.

안녕, 당신. 오늘 어떤 일이 있었는지 말해줄래요? 갑자기 물어보고 싶었어요. 이 글들을 읽고 있는 당신은 오늘 어떤 하루를 보냈는지 말이죠. 이 책은 제가 쓴 거라 저를 중심으로 한 수많은 것들이 담겨있는데, 정작 읽어주는 당신의 이야기는 없는 것 같아요. 그래서 소박하게 선물을 준비했어요. 바로 다음 페이지는 당신을 위한 페이지예요. 그 페이지를 완성하면 우리 이 책을 함께 만들었다고 할 수 있겠어요.

당신의 오늘을 적어줄래요? 꼭 오늘에 대한 이야기가 아니어도 좋아요. 무엇을 좋아하고, 좋아했고, 사랑하고, 사랑했는지 또는 싫어하는 것도 좋아요. 적어보면서 더 좋아하게 될 수도 있고, 적어보면서 흘려보내는 시간을 가져보아요.

거기 당신, 당신의 오늘은 어땠나요?

우리, 책을 함께 완성해요. 마음껏 적어주세요.

12월 31일

스물둘.

너는 나에게 좋아한다고 말했고

나는 너에게 사랑한다고 대답했다.

그 어떠한 순간에도 우린 빛날 것이다.

내가 그렇게 만들게요.

안녕, 어여쁜 사람

다음에 또 만나

나의 계절이 되어줄래요?

봄에는 나와 벚꽃길을 함께 걸어요. 손을 잡고 걸으면 더 좋고요. 사진으로 우리를 남기면 더 좋고요.

여름에는 나와 펜션에 함께 놀러 가요. 함께 자면 더 좋고요. 고기는 내가 구울게, 당신은 저를 구경해줘요.

가을에는 나와 벽화마을을 함께 가요. 날이 선선해서 걷기 좋을 거예요. 팔짱을 끼면 더 좋고요. 당신을 닮은 예쁜 카페를 가면 좋겠어요.

겨울에는 나와 놀이공원을 함께 가요. 가는 길에 눈이 쌓인 예쁜 호수도 보고 가면 좋고요. 놀이공원은 밤이 참 예쁜 거 알죠? 물론 당신보다는 아니지만요. 켜지는 불빛들 사이에서 사랑을 읊으면 더 좋고요. 그 사이에 있는 우리를 남기면 더 좋고요.

내 사람아, 그렇게 모든 계절에 함께해주면 감사하겠습니다. 앞으로도 함께해주면 더 좋고요.

사랑합니다. 내 계절.

에필로그

저를 읽어주시는 분들에게

잔잔하고도 찬란하고 복잡하고도 오묘했던 순간들이 있습니다. 삶이란 그런 순간들을 차곡차곡 쌓아가는 것이 아닐까 생각이 들었습니다.

우리가 처음 마주한 날을 기억하시는지요? 저는 또렷하게 기억합니다. 조심스럽기도 했고 설레기도 했던, 그날을 떠올리면 설레곤 합니다. 당신에게 자주 하는 말이 있습니다. 덕분에 끄적입니다. 덕분에 적어요. 덕분에 글을 써 내려가고 있습니다. 오늘도 덕분에 글을 끄적입니다. 천천히 오래도록 발전해가도록 할게요. 우리가 오래도록 마주할 수 있도록 말이에요.

저로 가득한 이 책에 의도는 딱히 없는 것 같습니다. 저는 그냥 저를 적었고, 당신은 그런 저를 읽고 있는 것뿐이에요. 결국 그 끝에서 당신이 행복하기를 바랍니다. 의도가 있다면 당신이 행복했으면 좋겠다고 설명할 수 있겠네요. 근데 의도가 딱히 없으니 편히 읽어주세요. '홍지원'이라는 한 사람이 삶에서 느낀 이것저것을 담아놓았습니다. 잔잔하지만 찬란하고, 미미하지만 싱그럽기를 바라며 책을 읽는 당신이 웃고 행복하기를 소원하는 저는 끄적이는 사람, 사랑스러운 지원이었습니다.

우리가 마주한 모든 순간은 운명입니다.

우리는 운명입니다. 서로를 사랑할 수밖에 없는.

✦ 글 쓴 사람 ✦

· 이름: 홍지원

· 생년월일: 2000년 5월 15일

· 좋아하는 것:

헤엄치는 가오리, 공포영화, 기린, 귀여운 거, 초록색, 사진
찍기, 책 읽기, 글쓰기, 말하기, 게임 하기, 걷기, 노래 듣기,
여행, 불어오는 바람 맞기, 여름 12시 햇빛, 가을 3시의 온도,
겨울의 눈, 우리 집 강아지, 우리 집 고양이, 우리 집, 내방,
우리 아빠, 글을 읽어주는 분들, 친구들, 주헌, 밤에 무작정
나가기, 밤바다, 삼성역, 잠실역, 석촌호수, 선유도에 있는 호
텔, 민트초코, 전시회 가기, **마지막으로 읽고 있는 당신.**

우리가 조금 더 가까워지기를 바라는 마음에서 제 소개를
잠깐 적어봤어요. 한 편에 모든 걸 담을 수 없지만요. 이렇
게 차근히 알아가다 보면 우린 꽤 친한 사이가 되어있지 않
을까요? 그리고 당신이 저를 상상할 때 조금 도움이 될까
싶어서요. 그리고 이 말이 하고 싶어서요.

사랑해,

내일이 없다 해도

오늘 너의 행복을 빌 만큼.

사랑해,

영원이 없다지만

영원을 고집해 이룰 만큼.

누군가를 사랑할 때

그 마음에서 오는 시선들이 존재한다.

어지간히 사랑하고서 보이는 시선이 아닌

깊은 사랑에서 오는 시선들이다.

나는 너를 사랑하고서야 그 시선들을 깨쳤다.